박희진

세계기행시집

시와 진실

獻 辭

畏友 成贊慶 형에게 이 시집을 기꺼이 바친다

그의 우애 어린 권유와 도움에 힘입지 않았던들

나의 최초의 海外 여행인

아이오와行은 이루어지지 않았을 터이므로

* : 다음 쪽에서 연이 바뀜을 나타내는 표시

머리말

요즘 세상은 많이 달라져서 뜻있는 분에게는 해외여행이 안방에서 건넌방 드나들듯 쉽고도 잦아졌다. 또한 실지로 해외에 나가 보면 세계의 구석구석 한국인이 전혀 눈에 안 띄는 지역이 거의 없을 정도이다. 언제부터 이렇게 되었을까. 우리 겨레에게 이렇듯 진취적인 적극적 기상이 있을 줄은 몰랐다. 불과 3, 40년 전만 해도 이렇지는 않았으니, 새삼 국력의 신장을 깨닫지 않을 수 없다.

우리는 바야흐로 지구촌 시대, 세계화 추세 속에 살고 있다. 우물 안 개구리의 신세는 면해야 나와 남이 더불어 공생하는 길을 개척해 갈 수 있다. '나' 라는 존재의 의의를 찾다 보면 어쩔 수 없이 겨레와 국가의 정체성 탐구로 이어지게 마련인데, 그러기 위해서는 자국의 역사와 문화뿐 아니라 세계사의 흐름, 동서고금의 교류와 상호영향에 대해 대략적으로나마 공부가 필요하다. 아니 거기서 그칠 게 아니라 이왕이면 실지 여행을 통해 동서 여러 나라의 풍토와 역사, 문화의 현장을 눈으로 확인하고 비교해 보는 일이 바람직한 것이다.

바쁜 관광여행을 통해서도 보는 이에 따라서는 엄청 많은 것을 느끼고 생각하고 배울 수 있는 계기가 될 줄 안다. 우선 보는 이의 사심 없는 안목이 문제일 것이다. 그저 주마간산식으로는 사물의 피상적 외관을 통해 일시적인 호기심이나 만족시킬 터이므로, 결국 아무것도 남는 게 없다. 그렇다고 여행을 떠나기 전에 각별히 많은 예비 지식과 정보가 필수임을 강조하고 싶지는 않다. 사전준비는 웬만한 수준에서 그쳐도 상관없다. 문제는 얼마나 마음을 비우느냐? 일체의 그릇된 선입견을 배제하고, 얼마나 명경지수(明鏡止水)와 같은 맑고, 고요하고, 겸허한 마음의 눈을 갖느냐에 있다고 할 것이다. 그러한 눈이라야 진선미(眞善美)에의 감응이 빠르고, 적확하게 사물의 본질을 꿰뚫어 볼 수 있다. 그러한 눈이라야 조금 보아도 많이 볼 수 있고, 짧게 보아도 핵심을 척결하여 자기의 것으로 내면화(內面化)할 수 있다. 그리하여 그것을, 시인의 경우라면, 오래 살아남을 선택된 언어인 시의 형식에 담을 수 있으리라.

나에게 주어진 첫 해외여행은 45세 때인 1975년의 일이었다. 45세라면 너무 이르지도 늦지도 않아, 어쩌면 알맞은 나이였다고 할 수도 있으리라. 그때 처음으로 미국을 비롯하여 영국, 프랑스, 이태리, 일본 등을 둘러볼 수 있었는데, 내가 받았던 압도적 감명을 여기서 일일이 피력할 수는 없다. 다만 귀국하여 발표한 시편 —세계기행시집/겨울의 巴里외 21편 『문학사상』 10월호, 1976— 중 맨 마지막에 실려있는 「한 방울의 만남」 1편을 여기에 인용해 보려 한다. 왜냐면 그 시에는, 그 뒤에 몇 차례 더 이루어진 해외여행을 감안하더라도, 나의 기행시 전편에 관류하는 총결론적 안목과 사상이 엿보이기 때문이다.

늘 제자리를 맴돌밖엔 없던
하나의 새까만 점이었다가,
불꽃 튕기는 원을 그리면서

지구를 돌아
나는 다시 점으로, 제자리에 돌아왔다.

달라진 것이라곤
글쎄, 내 뇌세포를 살펴봐야 되겠지만
어쩐지 한 꺼풀 벗은 것 같은 느낌.
사물을 대하는 눈의 透視度가
좀더 깊어졌으면 좋으련만.

몽빠르나스에서 한국 화가,
金昌烈의 물방울을 보아서일까,
온 우주가 때로는 한 방울
영롱한 이슬 속에
흔적도 없이 용해되고 마는 것은.

노틀담도 웨스트민스터도
성 베드로 대성전도 녹는구나 한 방울 이슬 속에
동양의 사원들도 미륵보살반가상도
나무도 바위도 사자도 원자탄도
별 · 구름 · 똥 · 흑 · 백 · 황인종도.

나의 정신이 그것을 통해야 집중이 되는
언어가 나의 조국, 이 몸이 세계의

중심이 될 수 있는 그곳이 나의 자리,
동서고금이, 이리하여, 내 안에서
만나서 한 방울 이슬로 승화된다.

여행중일 때는 나는 거의 벙어리처럼 말을 잃는다. 쉴 새 없이 눈 앞에 전개되는 낯선 이국풍경, 자연의 아름다움, 특이한 건축양식, 친밀감을 주는 사람들 표정이나 옷맵시 등, 요컨대 볼거리가 너무 많아서 말할 겨를이 없다는 의미이다. 보는 것만으로도 너무 벅차다. 더구나 유명한 박물관과 미술관을 순례하여 익히 들어왔던 세계적 예술의 걸작들을 보았을 때, 또는 저 히말라야 설산(雪山)이나 그랜드 캐년 같은 경이적 자연 경관을 대했을 때, 또는 유서깊은 대규모 문화유적에라도 접하는 날엔 거기서 받는 충격이 너무 커서 나는 여지없이 뒤흔들리기도 한다. 절로 탄성을 지르게 된다. 그런 때 받는 압도적 감명을 나는 곧잘 이렇게 표현했다. —마치 순식간에 뇌수술이라도 당하는 기분이죠!

그렇다 하더라도 내가 말하자면 한국인으로서의 뚜렷한 주체성을 망실한 적은 없다. 오히려 그럴수록 내 주체의식은 강렬해져서, 세계 안에서의 한국은 무엇인가? 한국 고유의 풍토와 역사, 문화가 갖는 민족적 독자성과 세계적 보편성이 있다면 무엇일까? 진정 우리가 오랜 역사와 전통을 자랑하는 문화민족일진대, 긍지를 갖고 새로운 가능성을 극한까지 신장시켜 세계에 공헌할 태세를 갖추어야 되는 게 아닐까? 등등의 문제로 깊은 사색에 잠기게 된다.

시의 독자 중에는 기행시를 가볍게, 대수롭지 않은 것으로 보는 경향이 있다. 일종의 편견이다. 여기서 기행시란 한낱 편의적 분류법에 따른 것뿐. 어떤 의미에서 우리가 쓰는 모든 시는 다 기행시로 간주될 수도 있다고 본다. 탄생에서 죽음에 이르기까지 인생 자체가 기나긴 여행이고, 인간은 누구나 제각기 외로운 유일회적(唯一回的)인 나그네인 까닭이다.

나의 후반생 30년에 걸친 수확이라 해도 좋은, 이 88편의 기행시 속에는 내가 쓴 최선의, 중요한 작품들이 많이 들어 있다. 나의 여느 시집에서처럼 어떤 이는 이 시집에서도 나 개인의 삶의 본질과 세계에 대한 이해와 인식의 극한을 볼 것이다. 왜 세계여행을 하는가? 그것은 인간이 자신 안에 들어있는 타인과 세계를 체험을 통해 인식함으로써 결국 나와 타인, 한국과 세계는 서로 다르면서도 둘이 아님을 깨닫기 위해서라 하여도 좋으리라.

끝으로 나의 솔직한 감회를 이 자리에 털어놓기로 하자. 나는 세계의 어느 지역보다도 한국의 자연, 한국의 전통문화, 한국의 인정, 한국의 언어미(言語美)를 지극히 사랑한다. 나의 여생은 무엇보다도 한국어 시인으로서의 진정성을 확립하고 그 완숙(完熟)에의 부단한 정진을 위해 바쳐질 것이다.

2001년 늦가을 好日堂에서

水然 朴喜璡

차 례

1 홍록(紅綠)의 꿈

2 카자흐스탄

3 미국 서부 기행

4 네팔 시편

5 인도 시편

6 한 방울의 만남

1 홍록(紅綠)의 꿈

백두산 가는 길

서울에서 곧장 평양을 거쳐
백두산으로 갈 수 있는 길을,
우리는 못 간다네.
분단된 반쪽 나라,
남한에 살기에
어쩔 수 없이
돌아서, 돌아서, 돌아서 갈 수밖에.

서울에서 후꾸오까, (그 일본 땅
공항 안에 갇힌 채, 허송한 네 시간)
이윽고 바다 건너
상하이에 당도했을 적엔
저녁 하늘의 창백한 달이
우리를 맞이했다.
〈오느라고 수고했소,
대륙의 달이라고 한반도의 그것과
다를 건 없다오〉

다음 날엔 장춘(長春)으로

두 시간 반의 비행.

양자강 하구가 바다나 다름 없데.

가도가도 끝없는

대해(大海) 아니면 대평원이로구나.

길림성(吉林省)에 들어서자

마치 낯익은 고향에 돌아온 듯,

산들이 여기저기 엎디어 있고,

구석구석 가꾸어진 기름진 농토……

하기야 저 고구려 옛적부터

우리의 조상들이 살았던 곳 아니던가.

녹음 우거진 장춘에서 만난

총각 가이드는 그곳 길림대학생,

잘생긴 동포 2세인데,

석별의 정을

한국 유행가로 멋지게 달래더라.

구식 프로펠라

소형 비행기로

연길(延吉)에 닿으니,

아연 '중국 안의 한국' 인 양하여
눈을 씻고 봐야 했다.
거리의 간판들이, 먼저 한글로,
그 아래 한자로 병기되어 있다.
중국공산당 연변조선족자치주위원회
中國共産黨 延邊朝鮮族自治州委員會

망국한(亡國恨)을 되씹으며
와신상담의 고초를 겪었던
연변의 우리 동포,
이젠 당당히
중국 오십여 소수민족 중의
웅자(雄者) 되었거니,
높은 고유문화와 교육을 자랑하는.
겨레의 지성소(至聖所),
저 백두산의 정령을 노상
이마로 깨달으며,
혈육에 새기면서 살아온 까닭일까.
특히 연변의 작가 시인들,

한국어의 수호자들,

겨레혼의 불사조들,

용과 호랑이의 기상을 지녔기에

쩡쩡 울리더라. 빛을 뿜더라.

우리 흐물흐물한 남한의 문인들은

깊이 반성하고 깨달을진저

그들이 들이쉬고 내쉬는 호흡에선

왜 푸른 도덕의 냄새가 나는가를.

백산(白山) 호텔의

일박에서 깨어나자, 우리는 부풀었다.

아, 드디어 백두산행이로다.

이것이 진정 꿈은 아니려니,

버스에 몸을 싣고 난 다음에도

나는 내 살을 꼬집어 본다.

연길에서 백두산 기슭까지

장장 다섯 시간,

달려도 달려도 대평원이 전개되는구나.

(아기자기 변화와 오밀조밀 곡절은

우리 한반도의 특허(?)인 모양)

하긴 드문드문 초가도 보이고,

소박하고 가난한 정경(情景)도 눈에 띄고,

도랑물도 흐르고,

나비도 날아가고,

슬금슬금 피곤과 졸음이 엄습하여

눈을 감아보나,

자는 둥 마는 둥……

암, 그렇지,

여기가 어디인데?!

눈을 뜨고 보아야지,

정신 차려 보아야지.

그때, 별안간 버스가 선다.

앞 차의 고장으로.

일대는 온통 아름다운 야생화들,

그중 진보랏빛 꽃을 한 송이

무심히 꺾어, 가슴에 꽂는다.

이윽고 점입가경(漸入佳境)

백화(白樺) 숲이 끝없이 이어지기도 하고,

시베리아에서나 보게 될 줄 알았건만
백화 숲이 꿈처럼 이어지기도 하고,
이곳 특산인, 미인송이라고
줄기가 후리후리 전신주처럼
곧장 뻗어 있는 소나무도 보았것다.
수목의 바다, 저 울울창창
무성한 원시림엔
필시 호랑이도, 곰도, 너구리도,
온갖 야생동물, 온갖 기화요초,
온갖 곤충들이 철따라 세월따라
피고 지고, 나고 죽고,
대자연에 순응하며 살 터이리.

천지(天池) 호텔에 당도했을 적엔
심상치 않게 비도 주룩주룩……
날은 저물고, 시장했던 참이라,
맥주에, 배갈에, 산해진미에
닥치는 대로 포식은 했지만,
숙면은 안 되더라.

일행 중엔 속으로 기도를 드리는 이,

또는 일어나

하늘 모양을 살펴보는 이,

적지 않았으리

다음날 아침의 성공을 위해.

나는 속삭였다

룸 메이트, 성찬경 형에게

「우리는 틀림없이

보게 될 거라구」

「그래 어쩐지 그렇게 될 것 같지?」

하고 그는 대답했다.

아침 여섯시에 우리는 기상했다.

식사도 거르고, 장도에 올랐다.

낡은 5인승 지프차에 분승하여.

정상 근처까지

이제 한 시간이면 당도한다기에,

더욱 고조되는

긴장과 기대로 부푸는 가슴들.

아무도 입을 여는 사람이 없었다.

드디어 굽이굽이

차는 산을 오르고 있었건만,

경사는 완만했다.

하늘은 개어 있다.

차가 멈춘 곳,

나무라곤 없는 불모의 산을 보니

해발 2천6백은 넘었겠다.

바람이 분다.

백두산 영가(靈歌)

걸어서

불과

5분이면

정상에 닿는다는 가파른 오름길,

그것이 그렇게 힘들 줄은 몰랐다.

숨이 턱에 닿고,

아니, 콱콱 막히고

발길이 잘 옮겨지지 않는다.

(나중에 들었더니

일행 모두가 그랬다 한다

기류 변동으로

잠시 호흡곤란이 일었던 것)

그러나 우리는

마침내 정상에!

해발 2천7백 미터 위에!

사진이나 그림에서 그토록 보아왔던,

뾰죽뾰죽

검은 기암(奇岩), 두셋이

우선 시야에 들어왔다.

운무에 가려져서

잘은 안 보이나,

천지(天池)는 저만큼

어마어마한 낭떠러지 아래

검푸른 쪽빛으로

엎디어 있었다.(그렇게 보였다)

그때 누가

옆에서 소리친다.

바로 눈앞 운무에,

손을 뻗치면 가 닿을 곳에

쳇바퀴만한

무지개가 서 있구나.

어찌 희한한 상서(祥瑞)가 아니랴.

아니나다를까,

이내 서서히 운무가 가시더니,

보라, 보라, 저 건너

녹색의 이끼 덮인

천지의 북한쪽 절벽과 함께
천지의 일부가 알몸을 드러냈다.

오오, 할아버지,
백두산 할아버지!

우리는 감격했다.
도무지
정신을 못 차릴 정도.
그저 우왕좌왕
기쁜 건지, 슬픈 건지,
두려운 건지, 넋을 잃은 건지,
우, 우,
아,
아아……
탄성인지, 신음인지,
알 수 없는 소리를 질러가며,
연방 카메라 셔터를 눌러댔다.
덜덜 떨면서

머리칼 날리면서.

이럴 게 아니라
마음을 가다듬고
옷깃을 여미고
큰절을 올리거나,
한 시간쯤 묵상에 잠기거나,
아예 깨끗이 시간을 잊고
천지의 푸른 물을
응시해야 되는 건데.
그 무량의 깊이와 넓이에
압도돼야 되는 건데.
실은
미처 그럴 생각도 못 했었지.
불과 30분의
한정된 시간 안의 우리들로선!
더구나 그
변환자재의 기상조건 하에서는! *

비,

구름,

바람이 수시로 생멸하여

태고의 신비,

천지의 알몸을

웬만한 사람에겐

좀처럼 보여주지 않는 것이

이곳의 항례란다.

그런데 지금

우리에겐 이렇듯 은혜를 베푸시니

고마워라, 고마워라.

운무는 서서히

개었다간 다시 끼고

끼었다간 사라지네.

그 안타까운

시간의 사이사이

언뜻언뜻 보이는

영원(永遠)의 모습이네.

유현(幽玄)의 모습이네.

※

무량의 아쉬움과

미련을 남겨두고

우리는 묵묵히 귀로에 들었다.

달리는 차 안에서

혼잣말하듯

「백두산 산신령,

단군성조(檀君聖祖)께서

우리 남한 문인들을 버리지 않으셨다」

하자 나는 그 순간,

확연히 깨닫겠데

백두산 올라

천지를 보고 나서

달라진 나를.

나는 이제 정통의

백두산족 되었음을.

※

나는 오랫동안
한국인으로서의 나의 정체성,
또는 우리 겨레혼의 근원을 찾아
모색해 왔다.
이 오묘하고 수려한 강산의
진수를 찾아
설악의 봉정암(鳳頂庵) 오층석탑의
이끼로도 되어 보고,
사흘밤 사흘낮을 지리산 품에
안겨도 보았거니.
또는 백록담(白鹿潭)에 손도 담가 보고,
또는 불일폭포(佛日瀑布)의
압도적 할과
물매의 연속타로
골수에 절은
오뇌를 씻어내기도 하였거니.
해 · 구름 · 바위 · 물
학 · 사슴 · 거북
대 · 솔 · 불로초 찬가도 썼고,

저 부석사(浮石寺) 부석에 올라타서
원효 · 의상 노닐던
신라의 하늘을 떠돌아도 보았거니.
기라성처럼 찬란했던 화랑(花郞)들의
지기(志氣)와 풍류,
그 서슬 푸른 도의를 찬미했고,
천 · 지 · 인 삼재(三才) 사상에 심취하여
최치원이 말한 바
현묘(玄妙)한 도(道)를 찾게도 되었는데……

백두산 올라
천지를 보고나서
마침내 나는 깨닫게 된 것이다
나란 바로 단군의 후예이고,
겨레의 뿌리는 백두산이란 것을.

오오 백두산,
겨레혼의 지성소(至聖所)여.
숭고와

장엄과

신비의 극치여.

나라의 현묘한

도(道)의 근원이여.

태초에 하늘나라

환인(桓因)이 굽어본 지상의 경관이

백두산이었던 것,

아득히 발치엔 수림(樹林)을 거느리고

머리엔 영원히 마를 수 없는

호수를 이고 선

신비로운 자태에서

널리 인간을

이롭게 할만한 고장임을 알았던 것,

하여 아들 환웅(桓雄)에게

천부인(天符印) 세 개를 주어

세상 사람들을 다스리게 하였던 것.

단군왕검은

하늘과 땅의

혼인에서 나왔으니,

천 · 지 · 인 삼재의 조화를 이룩한

최초의 인이라네.

최초의 인은

죽는 법이 없다.

영원한 생명이다.

불멸의 신령이다.

그러기에 단군은

백두산 신령으로

우리 겨레의 수호령인 것이다.

아아 그러기에

정상에 올랐을 때,

우리 후손 입에서는

저절로 할아버지 소리가 나왔거니.

백두산 할아버지!

단군 할아버지! *

못난 후손이 이제야 겨우
이곳에 왔나이다.
겨레의 뿌릴 찾아
더는 갈 데가 없음을 알겠군요.

이제 저는 당당한 백두산족입니다.
앞으로는 어디서 무엇을 하건,
늘 이마에 천지의 드높음과
맑음과 고요와 예지를 간직하고,
겨레와 나라와 세계의 실상을
꿰뚫어 보렵니다.

오오 백두산
천지여, 천지여,
어찌 압록 · 두만 · 송화강뿐이랴.
세계의 모든 하천과 호수와
바다의 근원일세.
백두산은 그러므로
지상의 한낱 산이 아니라네.

하늘과 땅과

최초의 사람이

지금도 하나되어

무한 조화를 누리고 있음이네.

만상의 핵을 이루고 있음이네.

홍익인간의 실천적 근원이네.

백두산족엔 신앙의 대상이네.

늘 신비한 베일에 싸여

있는 것도 당연하지.

백두산은 참으로

숭고와 장엄의 한계를 넘어,

차라리 두려운, 두려운 존재.

불멸의 존재여라.

진 · 선 · 미와

성(聖)의 존재여라.

1991. 9. 13

백두산 동쪽에는……

백두산 동쪽에는 창룡(蒼龍)이 있다.
붉고 긴 혀가 불길처럼 날름대고,
뿔이 두 개이며,
마름모꼴 비늘은 신축자재이나
철갑보다 견고하다.
백두산 서쪽에는 백호(白虎)가 있다.
목 뒤에 털이
네 갈래로 나부끼고,
입을 벌린 채
쭉 뻗은 사지에는 힘이 약동한다.
백두산 남쪽에는 주작(朱雀)이 있다.
긴 꼬리는
하늘로 피어오른 불길인 양하고,
속날개가 양쪽으로 반원을 그리며
치솟아 있다.
백두산 북쪽에는 현무(玄武)가 있다.
거북과 배암이
얽히다 못해 한몸을 이룬,
두 개의 서로 다른 머리와 꼬리로
현무는 무소불능 신수(神獸)이다.

1991. 9. 18

용정(龍井)

용정의 소나무는
한결 더 푸르르고,
용정의 농토는
한결 더 기름지고,
용정의 인심은
한결 더 순후하다.

용정 식당에서
일행이 맛본 한국식 음식
오이, 옥수수, 감자, 두부,
떡, 고추장, 마늘, 된장찌개,
누룽지 등등으로
그리고 시원한 용정수 한 사발로
일행은 그동안 내장에 끼었던
중국요리 기름기를
말끔히 씻어낸 듯
아, 개운하다, 살 맛 난다
소리들을 연발하다. *

용정에서는

조선족과 조선말이

어찌나 판치는지

중국인 어린이도

별 수 없이

조선말을 한다나.

「어머니

배가 쌀쌀 아파요」

조선 이민의

최초의 정착지,

윤동주(尹東柱)의 고향,

용정까지 가서

시인의 묘소를 참배 못한 것

두고두고 한(恨)이네만,

어쩌면 그래서

한 번 더 가게 될 지도 모르지.

1991. 9. 19

미스터 김

미스터 김은
우리 일행의 through guide.
몸은 작지만 날렵하고
잘생긴 호청년(好青年).
용정 출신의
이민 2세지요.
한국어와 중국어 사이를
전광석화(電光石火)처럼
재빨리 오고 가는
놀라운 혓바닥.
인민대회당(人民大會堂)의
동시 통역자.
작가 지망생.
용정을 지날 때
그가 피력한
피어린 이민사(移民史),
그 간난신고의
이야기를 들었을 때
일행은 열렬한

박수를 보냈지요.

눈시울이 뜨거워

지기도 했고요.

중국의 뭇 지도자 중에서는

호요방(胡耀邦)을 존경해

마지 않는다는 이 호청년.

분단된 조국의 실정에도 밝아

이북 손님 오면 거기에 걸맞게,

이남 손님 오면 거기에 걸맞게,

이념 문제는

건드리지 않는 것이 상책임을

그는 알고 있죠.

그래도 그는 우리 이남 문인에게

이북 노래를 들려주기도 했죠.

그것이 그의 등거리 외교의

선의(善意)인지, 애교인지, 비술(秘術)인지?

더는 뺄 것도

보탤 것도 없을 만큼

세련된 호청년,

미스터 김에게서

나는 연변조선족자치주의

미래를 봅니다.

아니 중국의 미래를 봅니다.

「중국에선 여러분 뜻대로

안 되는 것이 많을 줄 압니다.

그렇다고 성급하게

화내선 안 되지요.

로마에 가면

로마의 법도를 따라야 하듯

여기는 여기대로

모든 것을

그저 그러려니 하시면 됩니다」

지금도 울려오는

미스터 김의 소리,

「중국은 무서운

잠재력을 갖고 있는 나라예요」

1991. 9. 20

몽고 시인 차깐

1991년 7월 27일
북경 경륜(京倫) 호텔에서
세계민족문학발전을 위한 국제학술회의
전야제가 있었음.
몽고 시인 차깐은 그때 내가
만났던 사람임.
처음엔 한두 차례
필담으로 의사를 소통했음.
그는 달필인데다
한문에 능했으나,
나의 실력으론 가려운 발을
구두를 신은 채 긁는 격이었음.
통역을 사이 두고
다시 두세 차례
선문선답(禪問禪答) 같은
시관(詩觀)을 피력했음.
하지만 그게 다 무슨 소용이랴.
마음과 마음이 통했을 바엔.
좋은 시엔 동서고금이 없듯이

좋은 시인끼린

한 가닥 미소와 악수만으로도,

아니 그냥 무심히

상대방 분위기를 살피는 것만으로도

족한 게 아닐까.

우리는 잠시

휘황한 불빛 아래

마이크 잡고 노래하고 춤추는

시인들을 보았음.

이윽고 나는

차깐의 침묵에서

그의 깨어 있는 고독을 느꼈음.

불현듯 무제한의, 우주로 통하는,

광막한 초원의 바람이 불어왔음.

그 바람에선

이름 모를 들꽃과

밤하늘 별들의 향기가 났거니와

아울러 신나는 날라리 소리 함께

요란한 말발굽 소리도 들렸음.

나는 이해했음

차깐은 초원의 들꽃 같은 시인임을.

그러면서도

저 밤 하늘 북극성의 높이에서

고금을 관조하며,

삶의 진수를 읊조리는 시인임을.

속속들이 스미는 풀잎의 목청으로,

바람과 이슬과 별빛에 젖어가며.

1991. 9. 23

만리장성(萬里長城)

달에 착륙한

두 외계인(外界人)이 이렇게 문답하다.

—— 저것이 무얼까?

지구 북반부에

길게 구불구불 묘하게 이어진.

—— 그것이 이른바

용(龍)이란 것 아니겠어?

※

가르쳐 드리지요.

용은 아니고

중국의 유명한 만리장성이랍니다.

달에서 보이는

지구인의 유일한 건조물이죠.

이천 수백 년의 세월이 흘렀건만

지금도 용처럼 꿈틀거리고 있기는 해요.

각국에서 모여든

관광객들을 등허리에 태우고

잠시 그들에게 최면술을 건답니다
그 옛날 역사의 와중에 휘말리게.
뭇 왕조(王朝)들의 어지러운 흥망성쇠……
이민족(異民族)간의 필사의 패권다툼……
장군과 군졸들과……
장성(長城) 안과 장성 밖과……

하지만 그것들은
이내 속절없이 물거품처럼 꺼지고 맙니다.
이내 속절없이 허깨비인 양
사라지고 맙니다.

남는 것은
그 견고한 벽돌벽을 더듬을 때
손바닥에 묻어오는
피와 눈물과 땀냄새 뿐입니다
강제노동에 시달렸던 백성들의,
노예처럼 혹사당한 무명(無名)의 백성들의.

하늘은 푸르고 구름은 휩니다. 1991. 9. 24

천안문(天安門) 광장

지구상에서 가장 넓다는
이 천안문 광장에 서니,
과연 실감 난다
중국에 온 것이.
그 밑에 다섯 개의
통로를 지닌
천안문은 자체가 거대한 궁전.
중국의 심벌.
근 육백년을
역사의 증인으로
온갖 파란곡절을 겪었거니,
그러면서도 조금도 퇴색 않고
시대의 정면에서
드높이 고동하는 중국의 심장부.
광장 한가운데
인민영웅기념비가 솟아 있고,
그 건너 저만치엔
흰 화강암의 모주석기념당(毛主席記念堂).
전국 도처에서

모여든 인민들이

장사진을 이룬다.

우리 일행도

그들과 어울려서

서서히 내부로.

바닥엔 붉은 융단이 깔렸는데

정면엔 한백옥(漢白玉)의 높이 3미터

모주석 좌상이 관중을 압도한다.

관중의 시선과

모주석 시선이 맞지 않는다.

그 다음 방 안엔

수정관(水晶棺)에 들어있는

모택동 유해가

중국공산당 깃발에 덮여

구원(久遠)의 잠을 누리고 있다.

하지만 관중은, 이만치 떨어져서,

그 누워있는 옆모습이나

볼 수 있게 되어 있다.

그 윤나는 검은색 두발이며

그 눈감은 옆얼굴 색깔이

마치 납인형(蠟人形)의 그것과 같다.

영혼이 나간 인간의 얼굴은

아무리 치장해도

길(吉)한 것은 못되나니.

천정이 높은

그 방 안에선

누구 한 사람

숨도 크게 쉬지 않는다.

헛기침은커녕

발소리조차 내지 않는다.

엄숙하기 짝이 없다.

모택동은 죽어서도

이렇듯 인민 위에

군림하고 싶었을까?

모두들 나와서야

부산히 움직이며

소생한 듯이 웃고 지껄인다.

우리 일행도 광장을 여기저기

두리번거리면서, 야단법석이다

사진을 찍느라고.

배경으론 아무래도

천안문이 으뜸이다.

19991. 9. 25

자금성(紫禁城)

황금빛 유리 기와,

주홍빛 기둥,

갈색을 띤 주황색 벽,

대리석 난간……

천안문 지나,

단문(端門)을 지나,

정식 입구인

오문(午門)을 지나면

태화전(太和殿)이 나타난다.

이윽고

중화전(中和殿), 보화전(保和殿)의 순서지만……

일일이 헤아릴 도리가 없다.

크고 작은 전각이 70채가 넘는데다

방 수는 9000개가 넘는다는

자금성 규모.

미상불 지구상에

이렇듯 광대하고

이렇듯 장려한 궁전은 없으리. *

어려서는 책을 통해
이름을 알았고,
근자엔 영화 '최후의 황제' 로
친숙해진 자금성.

나의 작은 카메라로는
그 규모가 잡히지 않아
건물 사진은
안 찍기로 작정하고,
그저 육안으로만
열심히 봐서인지
몹시 피곤하다.
주요 건물일수록
그 주변엔 나무가 안 보여
웬일인가 하였더니,
그건 자객(刺客)의 침입을 막기 위한
것이라 한다.
그 말에 고개를 끄덕이긴 하였지만,
씁쓰름한 미소를

금할 길 없다.

미궁을 빠지듯
겨우
후문인 신무문(神武門)을 빠져나와
버스에 몸을 싣고 보니,
바로 창 너머로
'故宮博物院'
현판이 눈에 띈다.
명필이다 싶어
찰칵
카메라 셔터를 눌렀다.

명(明)·청(淸) 500년의
비사(秘史)로 가려졌던
고궁의 안팎이
이젠 온통
백일하에 드러나서
뭇 관광객이

자유롭게 넘나든다.

따지고 보면
이건 엄청난 시대의 변화다.
중국 공산당도
이젠 서서히
개방과 교류라는
민주화 추세에 밀려가고 있음이다.

하지만 이 자금성을 보고 나서
내 소감의 핵심을 말하자면
이렇게 된다.

자금성의 역대 황제,
그 호화찬란한
용의 보좌 위의
천자(天子)의 권위,
그게 다 무엇인가.
그 금은보화,

그 주지육림,

그 산해진미,

그 무소불능의 권력이란 것이

무릇 인간이 누릴 수 있는

최고의 영광이며,

더없는 행복일까.

아니다, 아니다.

나는 그러기에

부득이 예수님 흉내를 내게 된다.

자금성 영화(榮華)가

아무리 굉장한 것이라 하더라도,

들에 핀

한 송이 꽃만은 못하구나.

백두산 가는 길에

내가 보았던

그 진보랏빛 꽃만은 못하구나.

1991. 9. 26

서안(西安)에서 본 것들

주(周), 진(秦), 한(漢), 당(唐) 등
옛 중국의
일천년 제왕도(帝王都),
서안에 날아가다.
그런 곳을 어떻게
하루에 다 둘러 보리오만,
우선 보게 된 게
진시황제병마용갱(秦始皇帝兵馬俑坑).

중국을 최초로 통일한 영웅답게
시황제는 사후에도
장병 일만 명에
말 육백 필,
전차 백수십 량(輛)……
가위 군단의
호위를 받으려는 생각이었던 것.

재위(在位) 37년에, 36년 세월과
70여만의 수인(囚人)을 동원해서

만들었다는 자기의 무덤,

그 지하궁전을 지키려고

무덤의 동녘 1킬로 전방에

거대한 굴을 팠다.

그리고 거기에

실물 크기의, 갑옷을 입은

테라코타 병사들과 말과 전차 등을

질서정연하게 배치하였던 것.

그 수많은 병사들 얼굴이

어쩌면 이렇듯 저마다 다르다니!

같은 건 한결같이 늠름한 기상,

굳게 다문 입술, 부릅뜬 눈알.

어떤 병사는 앉은 채 활을

또 어떤 병사는 선 채로 활을

쏘기 직전의 자세 그대로

2천 2백년의 세월이 흘렀건만,

눈 한 번 깜빡 안 하고 있다니!

보라, 말들도 코를 벌름벌름,

입으론 더운 김을 뿜고 있는 것이
이내 높은 소리로 울 것만 같다.

시황제여, 시황제여,
온 중국 땅을 덮었던 시황제여,
이 무덤의 조영(造營) 말고도
아방궁이라든가 만리장성 등의
엄청난 대공사로
천하를 주름잡던
그대의 배포!
그 무서운 그대의 집념!
그대의 삶 안에 깃들어 있던
'죽음'도 그대에겐
정복될 수 있다고 믿겼던가?
천하무적의 권력 앞에서는
안 될 게 없노라고.
지상의 영화를 고스란히 지하로
옮겨가면 될 것이 아니냐고.

*

어떤가, 시황제여,
비록 이승에선
불로초를 끝내 구하지 못했지만
저승에선 구했는가?
그대의 사후 불과 3년에
그대의 대제국은
헛되이 와그르르 무너지고 말았음을,
활활 재도 없이 타버리고 말았음을
그대는 알 터이지.
생전에 그대가 화염 속에 내던졌던
서적들처럼.

솔로몬의 영화가
들의 백합만 같지 못했듯이
그대의 영화 또한
풀잎의 이슬만 같지 못했구나.

화청지(華淸池)에서
모란처럼 피어났던

당(唐)의 현종(玄宗)과 양귀비의 로망스……

그런 고사야 어떻든 간에

홍록(紅綠)의 풍광을 눈요기한다는 것,

연못의 연꽃과

휘늘어진 버들 사이

아름다운 누각들의

붉은 기둥들을 본다는 것은

즐거운 일이었다.

이윽고 오늘의 마지막 관광,

서안성(西安城)의 성벽 오름.

높이 12미터, 넓이 14미터

만리장성의 배는 실히 넘는

넓이에 놀라다.

거기서 멀리

서안시의 심벌, 종루가 보이누나.

명초에 세워진 현재의 서안성은

그 옛날 당의 장안성의 육분의 일.

아직도 남아있는 당대(唐代)의 건물로는

겨우 대안탑(大雁塔) · 소안탑이 있다지만,

그곳에도 들러볼 시간이 없다니.

잘 있거라 현장이여,

스님이 인도에서

갖고 온 불전(佛典)들이 수장된 대안탑,

그 탑의 위치조차

가늠하지 못한 채로

우리는 떠난다, 서둘러 계림(桂林)에로.

잘 있거라 서안이여.

그 옛날엔 장안(長安)으로 더 많이 알려졌던

동방 문명의 일대중심지여.

절세의 시인들, 이백(李白), 두보(杜甫),

왕유(王維), 백거이(白居易)가 드나들던 장안이여.

서방 로마와는 비단길로 이어지던

왕년의 국제도시,

서안이여, 잘 있거라.

아쉬운 마음

잠시 달래려고 성문에 들어서니,

느닷없이 흥겨운 풍악 소리 들려온다.

녹음에 둘러앉은

거리의 악사들이

매우 고풍스런 악기를 타며,

노래를 부르면서 즐기고 있다.

옛부터 전해오는

태평가라도 부르고 있는 걸까?

나도 슬쩍 잠시

그들 사이 빈 자리에 앉아 본다.

1991. 10. 6

계림산수(桂林山水) 천하 으뜸

비행기가

계림 근방에 접근하자

여기저기 기내에서

와, 와, 저것 봐……

탄성이 터지다.

거대한 괴물군?

아니야, 그건

들쭉날쭉

뾰죽뾰죽

기기묘묘한

봉우리들이

밀집해 있어

일대기관(一大奇觀) 을 이루고 있는 거다.

봉우리 수효가 얼마나 될까?

백, 천은 어림 없고

만으로 헤아려도

열 손가락은 실히 넘는다네. *

삼억년 전쯤
이 지방은 바닷속이었단다.
석회질 바닥이
지각변동으로 융기하게 되고,
그 뒤 빗물의 침식으로 말미암아
서서히 굉장한 경관을 이룩했다.
뽕밭이 변하여 바다가 된다더니,
바다가 변하여 무수한 산이 된 것.

한국의 계수나문
흔히 달 속에나 있는 줄 아는데,
계림시에는
계수나무들이 가로수인 것이다.
노오란 꽃이 피면 금계(金桂)이고,
하이얀 꽃이 피면 은계(銀桂)이고,
붉은 꽃이 피면 단계(丹桂)란다.
하지만 계림인을
선망하게 되는 것은
이 계수나무 때문은 아니고

천하 으뜸 계림산수
바로 그 속에 살고 있기 때문.

그 계림산수의 진수를 맛보려면
모름지기 배 타고
장장 서너 시간 리강을 내려가야,
양안(兩岸)의 기관이 무궁무진 펼쳐진다.

이곳 관광은
흐린 날이 좋다는데,
그래야 산수가
그대로 살아있는 남화(南畵)가 된다는데,
그날은 바로 그러한 날.
게다가 더러는 비까지 주룩주룩.
그런가 하면 햇살이 반짝 들기도 하고.
여독이 저절로 풀릴 수밖에.
일행은 모두 어린애로 돌아가다.
연방 카메라 셔터를 눌러대다.
아무리 보아도 싫증을 안 내다.

*

이 기암, 기봉들을 뭐라고 표현할까.

어떤 봉우리는

코끼리가

긴 코를 물 속에 담근 모양,

어떤 것은

톱날 모양,

어떤 것은

엄지손가락 모양,

어떤 것은

죽순 모양,

어떤 것은

하늘로 고개 든 거북 모양,

어떤 것은

비스듬히 기울은 탑 모양,

어떤 것은

촛대 모양,

어떤 것은

두 개의 젖무덤 모양,

어떤 것은

왕관 모양,

어떤 것은

완연히 치솟은 남근 모양,

어떤 것은

낙타의 등허리 모양,

어떤 것은

연꽃 봉오리 모양,

어떤 것은

이름 모를 괴수(怪獸)의 뿔 모양,

어떤 것은

다정한 오누이 모양,

…………

…………

어슷비슷하면서도

같은 건 없다.

천태만상이다.

비, 바람, 안개, 구름,

햇빛도 가세해서

변환자재이다.

중중무진이다.

과연 계림산수

천하 으뜸이라더니.

리강의 물은

맑고, 푸르고, 거울 같이 잔잔하나

그 위에 떠가는 모든 것은

결국 아득히 사라지게 마련인 것.

흔적도 없이 꺼지게 마련인 것.

역사도 문명도,

영웅도 호걸도,

승려도 속인도,

이곳 산수미(山水美)를 찬탄해 마지 않는

시인도 묵객도.

작은 뗏목 위에서

원시적 방법으로 고기를 잡는

반라(半裸)의 주민 모습,

그들에겐 카메라를 들이댈 게 아니라

차라리 빈 손을 흔들어 줄 일이다.

이윽고 갑판 위
한쪽 모서리에선
성찬경 시인이 촌극(寸劇)을 벌인다.
포도주 병을 한 손으로 쳐들더니,
폴 발레리의 '잃어진 술'
한 구절을 외우면서,
그것도 불어로 낭랑히 외우면서
난간 너머로
술병을 기울인다.
약간의 포도주가
리강의 푸른 물 위에 떨어지다.
그러자 그 순간,
우리는 보았거니
리강의 푸른 물이
취한 듯 붉으레 홍조를 띠는 것을.

1991. 10. 10

소주(蘇州)에 와서

가로 세로 여러 개의

운하(運河)가 나 있는 풍요의 도시,

다리와

비단과

탑과

이름난 정원의 고도(古都),

소주에 와서,

'저 천상에 천당이 있을진대,

지상엔 소주와 항주가 있다' 는

소주에 와서

우리가 본 거라곤

한산사(寒山寺)와

호구검지(虎丘劍地)뿐이라네.

月落烏啼霜滿天

달은 지고 까마귀 울고

서리는 하늘에 가득하고

江楓漁火對愁眠

강가의 단풍나무 고기잡이 불
시름에 졸면서 바라보나니

姑蘇城外寒山寺
고소성 밖
한산사의

夜半鐘聲到客船
한밤중 종소리가
나그네 배에 들려 오누나

당시인(唐詩人) 장계(張繼)의 이 시로 하여
한산사는 불후의 이름을 얻었고,
한산사가 있었기에
장계는 불후의 명시인 되었구나.

한산사 입구와
풍교(楓橋)를 배경으로 사진을 찍고
장계의 시가 적힌

부채를 하나 샀다.

※

오왕(吳王) 부차(夫差)가
일찍이 십만명의 인부를 동원하여
아버지 합려(闔閭)의 무덤을 조성할 때
명검(名劍) 삼천 개도 아울러 묻었다.

그뒤 이백칠십 년이 지나서
명검이 탐이 난 진시황제가
무덤을 팠더니,
홀연 맹호가 튀어나오더란다.
놀란 시황제 칼을 뽑아 쳤지만
곁의 돌을 찍었을 뿐……
발굴은 중단 되고
도굴된 자리에 물이 고임에
호구검지(虎丘劍池)라는 이름이 생겼다고. *

근처 자연석

마애에 새겨진

대문짝만한 글씨,

虎丘

劍池의 붉은 넉자는

안진경(顔眞卿)의 진필로

지금도 살아 있다.

호구에 솟아 있는

팔각 칠층 전탑은

수대(隋代)의 창건으로 중국 최고(最古)의 탑.

분명 비스듬히 기울어 있건만

무너지지 않고 있네.

사탑(斜塔)은 피사에만 있는 게 아니라

소주에도 있구나야.

1991. 11. 15

항주(杭州) 서호(西湖)

항주하면 서호고
서호하면 항주로세.

바다같은 넓이인데
거울처럼 잔잔한 수면을 가르며
미끄러지듯 달리는 배 위에서
나그네들은 고달픔을 잊는구나.

멀리 가까이
둘레엔 산들이 엎디어 있고
우거진 녹음 사이
기슭엔 전각(殿閣)들이
홍록(紅綠)의 꿈을 엮고 있다.

처음엔 저만치
손가락만했던 훌쭉한 산상탑(山上塔)이
차츰 크게 다가온다.
항주의 심벌,
보숙탑(保淑塔)이란다. *

저 길게 호서(湖西)에 뻗친 것이

이른바 소제(蘇堤),

적벽부(赤壁賦)의 시인 소동파가

이곳 장관이었을 때 만들었다는 둑,

당나라 시인 백거이가 만들었던

호북(湖北)의 백제(白堤)보다 엄청 길구나야.

이렇듯 풍광명미한 곳엔

시인장관이라야 걸맞고 말고.

시인장관이라야 걸맞고 말고.

그때 우리 배와 엇갈린 배엔,

찬란한 용머리 장식이 붙은 멋있는 배엔

벽안의 금발 미인도 보이고

은발 홍안의 서양인들 타 있는 게

내게는 어쩐지 심상치 않다.

필시 저 안엔 우리네처럼

주변 풍광에 넋을 잃고 있는

시인 묵객들도 없지 않을라.

*

백거이여, 소동파여,

그러고 보니 지금은 바야흐로

동서고금의 시혼(詩魂)이 어우러져

하나로 녹아

이 서호를 떠도는 게 아닐까.

천상의 천당도

오늘은 거울 같은 지상의 서호에

몰래 제 모습을

비추어 보고 있는 게 아닐까.

배는 어느덧 서호 최대의 그것도 인공 섬,

삼담인월(三潭印月)에 이르러 있다.

점입가경이라더니,

호수 안에 섬이 있고

섬 안에 호수 있네.

호수에는 백련(白蓮), 홍련(紅蓮)……

한껏 만발해서

보는 이들의

열기를 식혀주고,

여기저기 돌다리와
울긋불긋 누각들이
손짓하고 있네.

호중(湖中)에 서 있는
세 개의 석등.
한가위 무렵이면
참으로 희한한 선경(仙境)을 이룬단다.

원형의 구멍이 네 개씩 뚫린
석등마다 불을 켜고
백지를 바르면
불빛 새는 것이 사방팔방으로
마치 작은 달처럼 보여,
하늘의 달과 함께
수면에 그림자를 떨구게 마련.
수면에 달들이 둘레춤을 추게 마련.

서호는 바로

자연과 인공이

상호보완의 절묘를 이룬

조화의 극치,

지상낙원의 본보기로세.

만약 중국의 어느 한 곳에서

사계절을 지내라면

나는 단연 서호를 택하겠네.

1991. 11. 16

상해(上海)에서

1 홍구공원(虹口公園)

물도

나무도

돌도

꽃도

햇빛도 좋은 곳,

홍구공원은 아름답기도 하다.

바로 이곳에서

1932년

윤봉길 의사(尹奉吉義士)는

침략자 일제의 간담이 서늘하게

주구(走狗) 몇 놈을 저승길로 보냈거니.

상해사변 전승 기념식을 거행하는

그들의 머리 위에

폭탄 세례를 퍼부었거니.

겨레의 망국한을

조금이나마 달래주었거니.

바로 이곳에서
중국 상해 홍구공원에서.

그 홍구공원에
오늘은 우리
한국의 작가 시인들이 찾아왔다.

와보니,
이곳은 중국의 문호, 노신(魯迅)공원이로구나.
그의 무덤과 기념관과
잘 만들어진 좌상도 있는.

편안한 자세로
의자에 앉아 있는 노신의 표정,
그 온화한 눈짓은 말해주네.

친애하는 한국의 문인동지들,
왜 당신들이 이곳에 온 줄
알고도 남소.

희망을 가지시길.

언젠가는 당신들 뜻도

이루어지겠지요.

2 上海市馬當路306弄4號

여기는

상해의 낡은 뒷골목

우중충하고

곰팡내 날 법도 한

馬當路306弄4號일세.

녹슨 철문은 굳게 닫힌 채로—

이곳이 한때

韓國臨時流亡政府가 있던 곳이란다.

이 만리 타국 누추한 곳에서

와신상담 고생했을

독립투사 망명객들

심정을 헤아리니

눈물이 나는구나.

당신네들이 피흘린 보람으로

이제 예까지 후손들이 왔나이다.

카메라 셔터를 누를 때마다

나는 정말

눈물이 왈칵 솟아서 혼났다네.

1991. 11. 17

중국과 용

지상에서 제일 용이 많은 나라.

궁궐이나 고대광실,
또는 사찰에도 많은 줄은 알지만,

상해의 예원(豫園),
400년의 역사를 갖는
명나라 때의 정원,
거기에 들렀더니
높고 흰, 기나긴 담장 위에
꿈틀꿈틀 소리없이
거대한 흑룡(黑龍)이 배를 깔고 있을 줄야.

긴 얼굴에 두 개의 뿔,
뚜렷한 이목구비,
하늘로 뻗친, 코끝의 긴 두 가닥 수염,
아래 위 날카로운 치열을 드러낸
벌어진 입이 뿜어내는 열기라니!
물방울 튀기며

온몸에 번뜩이는 비늘도 선명하다.

어떤 문 위에선
두 마리 흑룡이 서로 마주 보며
여의주 희롱하네.

과연 용의 나라, 중국은 다르구먼.

그것을 입증하듯
같은 날 나는 홍구공원 안에서도
두 마리나 용을 보다.

한 마리는 백룡(白龍)인데
수양버들 아래
못 가에 있다.
등 위에 우아하고 날씬한 몸매의
백옥(白玉) 미녀를 태워서인지
입을 딱 벌리고 있다
좋아서 히죽이 웃고 있는 듯……

*

다른 한 마리는 황룡(黃龍)인데

호리병 차고

흡족해 하는 백발 와선(臥仙)을

휘감듯 편안히 모시고 있는 모습.

용을 타고 천상 유람을

막 끝내고 돌아온 신선이리.

2000. 9. 19

동방명주(東方明珠) 방송탑

상해의 젖줄 황포강 건너편에 동방명주탑

나날이 자라 흰구름 위에솟은 아시아최고

반만년 중국 잠자던 에너지가 솟구쳐오름

이십일 세기 새로운 우주시대 선구자로세

2000. 9. 27

계림(桂林) 관암(冠岩)동굴

십년 만에 다시 온 계림이나,
리강 푸른 물에 상비산(象鼻山) 코끼리는
코를 담근 채 여전히 꼼짝 않네.
(천만다행이지 강물 오염 안 된 것이)
그때 가이드 목소리가 들려 온다.
오후엔 관암동굴을 보십니다.
몇 해 전 새로 개발된 곳인데
규모가 엄청 커서 육 · 해 · 공군을
다 동원해야 보실 수 있죠.

동굴 입구에서 승강기 타고
백 미터쯤 하강한다.
(하 이걸 두고 공군이라 한 거로군)
오르락내리락 한참을 가다가
느닷없이 만난 것은
엄청난 수량의 쌍폭(雙瀑)인데,
귀를 찢는 굉음 함께
하얗게 부서지며, 물방울 튀기며
덤벼드는 기세라니!

옷 젖는 줄 모르고
카메라 들이대야 소용이 없으련만……

동굴 안에 수없이 많은 동굴.
요지경 안에 또 요지경.
어떤 동굴에는 물이 가득 고여
수심을 알 수 없는 냇물을 이루다.
사공의 조심스런 안내를 받으며
배에 올라 탄 관광객도 저마다
랜턴 불빛을 이리저리 비춰줘야
암벽과의 충돌을 피할 정도.
(하 이걸 두고 해군이라 한 거로군)
이윽고 한참 만에 상륙한 일행
안도의 숨을 쉴 수밖에.

동굴에서 배 타 보긴 처음인데,
역시 상상도 못했던 일이 이어
우리 일행을 기다리고 있을 줄야.
이번엔 다름아닌 바퀴 달린 물건,

열차를 타 보는 일
길게 이리저리 나 있는 선로 위를.
(하 이래서 육군이라 한 거로군)

그 중 하이라이트는 막판의 대공간(大空間).
거기엔 상하좌우가 없다. 아직 동굴 안
천지창조는 서서히 조금씩 진행 중인 때문.
아직 만물상이 미분화(未分化)상태에서
맞물려 있기 때문. 환상 속 현실인가.
현실 속 신비인가. 보라, 저 한가운데
억겁의 세월 두고, 마침내 천지간을
하나로 이어버린 종유석(鐘乳石)의 나무,
생명의 꽃을. 휘황한 조명 받고
그 꽃은 신비를 드러내고 있음이여
칠색 영롱한 무지개 꽃빛깔로.

2000. 9. 30.

2 카자흐스탄

공항의 장미

구 소련 영토의 약 8분의 1,

카자흐스탄 공화국

의 수도 알마아타,

그

공항에

내렸을 때다.

저만치 동쪽에

꿈처럼

기적처럼

신기루처럼

만년설을 인 고봉들이 다가서

있는 게 보였다.

오오라 중국에 인접해 있다더니

저것이 바로 천산(天山)의 줄기인가.

이윽고 코를 찌르는 향기,

한복 차림의 아리따운 아가씨들,

일행 모두에게

차례로 장미 꽃다발을 건네준다

비록 '반갑습니다' 소리는 못하지만,

상냥한 미소 함께.
비록 조국의 말은 못하지만,
눈에서 눈으로
가슴에서 가슴으로
전류보다 신속하게 오가는 것,
피보다 더 뜨겁고 진한 것을
잃은 것은 아니기에,
그 진홍의 장미 꽃다발은
속삭이고 있었거니.
(먼 조국에서
핏줄을 찾아
지구의 변방, 이곳까지 찾아오신
작가 시인 선생님들
받으소서, 받으소서
이건 단순한 장미가 아니지요.
저희들의 일편단심,
저희들의 넋인 걸요)
순간, 내가 받은
다섯 송이 장미에선
물씬 피눈물 냄새가 풍기더라.

1992. 8. 13

심포지엄 석상에서

냉방 시설이라곤 없는
국빈관 강당에서
풀리지 않은 여독과 무더위와
유례없는 열기 속에
진행된 심포지엄.

무려
일백 오십년쯤 봉인(封印)된 세월,
캄캄 무소식의
장벽이 뚫려,
이제야 뿌리(=祖國)와 가지(=移民)가 서로
하나로 만나,
흉금을 털어놓는,
동질성을 확인하는
민족혼의 잔치기에
엄숙하고 진지하다.

오늘이 있기까지
그들이 지켜온
우리말 우리글의 피어린 역정,

1923년 ‘선봉신문’ 창간

1931년 ‘조선사범대학’ 창립

1932년 ‘조선극장’ 출범

(바로 한 달 후면

어느덧 60주년이 된다고!)

………………

………………

………………

………………

하지만 이제

주제 발표자,

극작가 한진(韓眞)은 이렇게 호소한다.

「… …지금 고려인 문단의 형편을 보면

우리말 문학은 오래 갈 것 같지 않습니다.

소름이 끼치는 말이지만

한글로 글을 쓸 수 있는

삼사십대의 작가들은 없습니다.

… …모래시계의 모래가 흘러내리듯

우리말을 아는 동포의 수는
줄어가고만 있습니다.
⋯ ⋯1937년 강제 이주 이후
반 세기가 넘는 동안
동포 작가들이 출판한 책은
모두 합하여 13권밖에 안 됩니다.
⋯ ⋯우리는 오랫동안
조국과 아무런 연계가 없이 살아왔습니다.
그러다 정말 세상이 발칵 뒤집히는 바람에
우리는 다시 조국을 찾았습니다.
우리는 다시 찾은 조국에
많은 희망을 겁니다」

구 소련 땅에서 우리말이 죽어 간다.
가지가 병들고
잎이 시드는데
어찌 뿌리인들 성할 수 있으랴.

심포지엄 마지막을

감동의 도가니로 휘몰아 간 건
어느 노철인(老哲人)의 피맺힌 절규.
구구절절 우리의 폐부를 찔렀던 말.
그 혼의 읍소를
노을처럼 스러지게 할 수는 없으리.

「지금 우리에게
필요한 것은
돈이 아닙니다.
물질이 아닙니다.
잊혀져가는
우리말을 되살리게
혼을 일깨우게
책을 보내세요.
말을 가르칠
교사를 보내세요.
힘차고 아름다운
순수한 우리말을」

1992. 8. 13

박 미하일에게

박 미하일,

당신은 이민 3세,

순하디순한 인상의 사나이.

우리말은 어눌하나

러시아어로 소설을 쓴다기에

신진작가인 줄로만 알았더니

그림도 잘 그리는 화가이었구려.

당신이 준, 그 4호 크기

유화를 바라보며

이 글을 쓰고 있소.

당신을 처음 만나게 된 건

카자흐스탄 작가동맹이

(당신도 거기 속해 있을 것이오만)

일행에게 베풀었던 만찬회에서였소.

그 서구풍의

멋있는 목조 레스토랑에

차려진 음식. 맛과 빛깔과

냄새의 향연. 모든 것이

너무도 푸짐했소. 카자흐스탄의

인심을 알 만했소. 우리의 오장육부
구석구석 넘치도록, 빵과 포도주에
신선한 야채류, 보드카가 들어가고,
양고기, 돼지고기, 말고기가 들어가고,
사과, 토마토, 살구, 자두에다
귤이 들어가고, 수박이 들어가고,
특별히 귀빈이나 대접을 받는다는
낙타의 흰 젖까지. 모두 포식에
숨이 가쁠 지경이건만,
잔치는 아직 끝나지 않았다며
계속 음식이 나오는 판이라
드디어 일행은 무너지기 시작했지.
마침 흥겨운 카자흐스탄
민요조 가락에 저절로 한쪽에서
고오고오 춤판이 벌어진 것이오.
점잖은 작가동맹 서기장 동무도
한국의 끼 많은 젊은 작가들과
어울려 춤추었소. 송원희, 신동춘
그런 여류의 한복 치마가 바람에 부풀고

옷고름이 칭칭 어깨에 휘감기는
묘기도 있었다오. 나는 이만치서
그런 화려한 광경을 바라보며,
혼자 묵묵히 술잔을 드는데
그때 미하일, 당신이 다가왔소.
하지만 우리는 시간에 쫓겨
별반 대화를 나누지도 못했건만,
왜 당신은 선뜻 나에게
그림을 주겠다고 선심을 낸 것일까.
다음 날 어김없이
인편에 보내 온 당신의 그림은
그 동안 내 여행 가방 밑바닥에
짓눌려만 있었다오.
이제 그걸 여기 서울의 나의 서재,
호일당(好日堂) 벽면에 걸어 놓고 바라보오.
그 불꽃 튕기는 원색의 엇갈림,
야수파풍의 그림의 주제는
대뜸 '알마아타' 라는 걸 알 수 있소.
오오 사과나무, 사과 아버지……

초원에 홀로 춤추는 사과나무,

무수한 홍옥의 열매를 달고

좋아서 우줄우줄 온몸이 들먹이네.

풍요한 삶의 결실을 구가하네.

얼씨구 절씨구 날 좀 보아주소.

그 춤추는 사과나무 한 그루가

카자흐스탄, 아니 온 우주의

중심인 듯하오.

박 미하일,

나는 당신의 소설도 읽어 봤소.

월간문학에 실려 있는

「밤 샐 무렵」을.

그 소설의 시작과 끝을

여기에 옮겨 적소.

「사방이 초원이다. 앙상한 싹싸울

나무가 떨기떨기 널려 있고

모래쥐와 뱀이 사는

잔 굴밖에 없는 초원이다」

이상이 시작이고 이하는 끝 부분.

「해가 날로 더 따뜻해져서

나무싹이 눈앞에서 부풀어오르고

어디에서나 풀이 싱싱 자랐다」

박 미하일,

계속 쓰시고 그리시길 바라오.

비록 러시아어로 쓴다고 하더라도

당신의 글은 한국문학에

새로운 지평을 열게 될 터이니.

하물며 아무런 장벽이 없는

당신의 그림이랴.

註 : 사과 아버지— 카자흐스탄 공화국의 수도 '알마아타'(Alma-Ata)란

'사과 아버지' 라는 뜻이라 한다

1992. 8. 15

3 미국 서부 기행

한낮에서 밤까지 LA 인상 1993

한낮의 공항에서

관광 버스 타고

웨스트우드의 UCLA 가다.

주렁주렁 황금의 열매가 달린

오렌지 나무와

Visitors Center 간판을 배경으로

독사진을 찍다.

그것으로 UCLA는 끝.

풀밭에 떨어진 오렌지나 한 개

주워 올 걸 그랬지?

어느덧 버스는

비벌리 힐즈를 달리고 있다.

폭력과 범죄의 침입을 막기 위해

이 구역 전담 경찰서까지 둔

고급주택지. 돈 많은 사람들과

헐리우드 스타들의

호화주택들이 들어차 있단다.

미상불 그곳엔

'모든 게 질서와 미(美)와 사치와

고요와 쾌락뿐'

이라 할 수 있을까나?

알 수 없는 일이로다.

우리야 이렇게, 수박 겉핥기로,

스쳐갈 뿐이니까.

주마간산의 나그네 신세니까.

화머즈 마켓에서

삼십 분 휴식.

나는 이곳 저곳 두리번거리다가

mixed nuts를 한 봉지 사다.

오늘 밤 호텔에서

자기 전에 먹으려고.

시바스 리갈 양주에 안주 삼아.

이어서 우리는 그리피스 천문대 행(行).

안개와 스모그로

LA 시가지를 한눈에 내려다

보기는 글렀지만,

옥상에 올라가다.

눈에 띄는 것이라곤

아랫배를 맞붙이고

서로 허리를 보듬은 남녀가

영원을 응시하듯

서로의 눈동자를

바라보고 있는 모양.

뭇 관광객들

시선은 아예 아랑곳 않고.

여기도 한 쌍,

저기도 한 쌍일세.

어쩌면 그게 요즘

유행하는 사랑의 포즈일지 몰라.

어쨌거나 자유와 개방의 나라,

천하의 미국임을 실감케 하는

촌경(寸景)의 하나.

천문대 앞뜰 한쪽 구석에

제임스 딘 두상을 발견하고

사진을 찍다.

나중에 알아보니

이곳 그리피스 일대가 바로

'이유 없는 반항' 의 로케 장소였다나.

서울시 나성구(羅城區)라 불릴 정도라는

코리아타운에서

한식을 먹고 쇼핑도 하다.

그제서야 비로소

호텔 check in.

이어서 밤에는 헐리우드 관광으로.

정말 빡빡한 스케줄이로군.

버스는 우리를

헐리우드 대로에다 쏟아 놓는구나.

보니 보도 가운데엔

스타의 이름을 새긴 별 모양의

브론즈가 바닥에 한 줄로 끼워져 있다.

이곳 사람들은 별을 보기 위해

밤하늘을 보지 않고

발치를 살피며 걷게 마련.

이내 멋모르고

다다른 곳이 차이니스 시어터,

그 앞마당 콘크리트 바닥에는

스타 200인의 사인과 함께

손바닥과 발바닥 모양이 찍혀 있다.

옳지, 이건 소피아 로오렌,

옳지, 저건 샤알 보와이에,

옳지, 이건 엘리자벳 테일러로군.

하지만 그들의 손바닥과 발바닥에

나의 그것을 맞춰 볼 흥미는

일지 않는구나.

나의 불면을 달래기 위한

호텔 방에서의

시바스 리갈 맛이 나쁘지 않다.

1994. 1. 16

라스베가스 가는 길

아침 여덟 시에 LA 떠나
잠시 은광촌(銀鑛村) 구경은 했지만
라스베가스에 닿기까지 버스로 아홉 시간
본 거라곤 사막뿐.
달리는 창 밖으로
본 거라곤 사막뿐.
하지만 여느 사막과는 다르다.
green desert?
더러 드문드문,
멀리서 보기엔 다복솔 같은
여호수아 나무가 보이는데,
한번 비 만나면
상당량 물을 저장해 둘 수 있어
2년간 비 안 와도 살 수 있다나.
하여간 이곳은
비가 적어 건조지지,
또는 사람들이 개발 안 해 황무지지,
실은 무궁무진 자원이 내장된 곳.
「저기 거뭇거뭇 불탄 자리 같은

지대는 말입니다.

석탄이 밖으로 노출된 거예요」

이건 현지 가이드, 미스터 신(申)의 말.

「석탄뿐 아니라

석회도 풍부하고 석유도 나오지요」

「왜 아깝게 방치해 둡니까?」

미스터 신의 대답은 명쾌하다.

「미국 전역의 미개척지를

개발하기 위해서는

현재의 인구 3억의 30배는

불어나야 한답니다.

자원에 관한 한

미국은 아직 미래의 나라지요」

1994. 1. 17

라스베가스

드디어 버스는

사막 한가운데 환락의 도시,

라스베가스에 진입하다.

즐비한 호화 대규모 호텔,

어렵쇼 저건

빛깔만 검을 뿐, 피라미드 아닌가?

스핑크스 모양도 똑같구나.

우리가 묵은 호텔,

엑스카리버는 천일야화(千一夜話)쯤에나

나올 법한 궁전의

환상적인 지붕을 갖고 있다.

1층은 온통 카지노의 바다이다

이곳의 모든 호텔이 그러하듯.

세계 도처에서 모여든 관광객들,

흑 · 백 · 황인종들,

남자들 여자들

모두 눈에 불을 켜고

일확천금의 꿈을 좇고 있다.

즐거운 듯 슬픈 듯

밝은 듯 어두운 듯

그 착잡미묘한 표정들이 재미있다.

짤그랑, 짤그랑,

코인 쏟아지는 소리가 여기저기

연방 들리지만,

떼돈 번 사람보다

떼돈 잃은 사람들이 더 많을 터.

타는 불꽃 속으로

나방이 뛰어들 듯

젊은이 몇은

카지노 열기에 휩쓸린 모양이나,

우리 노장(老壯)들은

제각기 방에서 휴식을 취하다.

하지만 저녁 후의

쥬빌리 쇼 관람

그것까지야 기권할 수 있으랴.

정말 그건 아주

환상적 무대였다.

온갖 호화찬란,

온갖 기상천외,

온갖 모험과 전율의 묘기,

온갖 육체미, 유연성과 강인성……

이곳에 와서 도박은 안 할망정

쇼는 봐야겠군.

그리고 또하나 빼놓을 수 없는 것이

야경(夜景) 구경이리.

통칭 카지노 센터를 관통하는

프레몬트 거리는 곧 일류미네이션의 홍수.

저마다 기발한 디자인에다

화려한 빛깔들의 향연을 과시하는

네온사인들 천지인 것이다.

한밤중의 밝기는

플래시 없이도 사진이 찍힐 정도.

왜 라스베가스를 사막의 불야성(不夜城),

도박의 '메카'라 하는지 알 만하다.

돈을 물 쓰듯 쓰고 싶은 사람들,

먹고 마시고 노는 일 말고는

할 일이 바이 없는 사람들에겐

스물 네 시간 오픈된 지상낙원.

호텔 이름 그대로

권태를 날려 버릴

서커스, 서커스,

보물섬, 보물섬,

아니 차라리 '미라지' 가 어떨까.

미라지, Mirage,

사막의 신기루.

1994. 1. 19

그랜드 캐년

그랜드 캐년을 어떻게 형용할까.
협곡의 사전적 개념은 안 통한다.
설사 대(大)자를 그 앞에 아무리 붙인다 하더라도.

절벽 이쪽에서 절벽 저쪽까지
6천5백에서 2만9천 미터,
그랜드 캐년에서 해가 뜨고 해가 진다.
절벽 깊이는 1천6백 미터,
태백산의 높이가 거꾸로 발치 아래
내려다보인다고 상상해 보라.
그 광막한 수평 · 수직 전개의
만물상 경관이
설사 한눈에 들어온다 하더라도
그것은 지극히
제한된 피상적 일시적 인상일 뿐.
육안으로는 안 보이는 구석구석
도처에 숨어 있는 시공(時空)에 비하면
아무것도 아니리라.
게다가 이 대협곡은

경부고속도로 보다 더 길단다.

그 안 보이는 4차원 시공을
탐색하기 위해서는
헬리콥터 탑승하여, 절벽과 절벽 사이
공중곡예를 시도해 보거나,
콜로라도 강물의 급류를 타 볼 일.
또는 도처에 위험이 도사린,
아슬아슬 벼랑길을
노새를 타고 계곡 바닥까지 내려가 볼 일.
하바스파이 마을에 이르러서
푸른 물의 사람들,
인디언 원주민의 순결을 접해 볼 일.
네 개의 폭포. 초록빛 물빛깔.
선인장 꽃들. 때묻지 않은 햇살과 공기.
사슴과 도마뱀. 풀잎의 아름다움.
그런 낙원의 정취에 취해 볼 일.

하지만 이런 일은

우리네처럼
바쁜 길손에겐 어림도 없다.

지금 우리에게 허용된 것이라곤
이 아찔한 절벽 아래로
기절할 듯한 현기증을 참으면서
아래로, 아래로, 시선을 던지는 일.
수십억 년의 지구의 역사,
빙하기 이래 현재에 이르는
온갖 지각변동, 살아 있는 지질학,
열일곱 개의 다른 지층 형성,
그것들을 한눈에 바라보는 일이리라.

오오, 그랜드 캐년의 경이로움.
절벽의 상층은 백설로 덮여도
그 하층은 초여름인 것이다.
비가 와도 빗방울은
바닥에 닿기 전에 증발해 버리고,
여섯 개의 다른 기온대(氣溫帶) 따라

서식하는 동식물도 다르게 마련.
6백만 년 전부터 지금까지 그래 왔듯
그리고 아득한 미래로 이어질
콜로라도 강물의 침식작용 함께
일출 일몰이 멈추지 않는 한,
이 그랜드 캐년은 미완(未完)이리.
부단히 아름답게 그리고 신비롭게
그 위대한 장엄을 더해 가리.

오오, 그랜드 캐년의 방대함.
그 압도적 경관을 앞에 두고
어떤 이는 한없이 눈물을 흘렸단다.
또 어떤 이는
실신(失神)할 뻔했다면서,
그때처럼 지독하게 술 생각이 간절했던
경우는 없었단다.

이제 와서 생각하니
그 아찔한 절벽 위에 임했을 때,

내가 느낀 감회는

다음과 같은 것이 아니었을까 싶다.

그것은 일찍이 의상(義湘) 대사가

법성게(法性偈)에서 갈파하였던 말.

無 量 遠 劫 卽 一 念　　一 念 卽 是 無 量 劫

무 량 원 겁 즉 일 념　　일 념 즉 시 무 량 겁

1994. 1. 25

11월 초순 요세미티 국립공원 일별(一瞥)

「지금 요세미티는 꽤 추울 겁니다.
옷을 있는 대로 두텁게 입으세요」
그렇게 말하는 젊은 가이드,
미스터 신(申)은 가죽 잠바 차림이다.

아니나다를까,
요세미티는 얇은 백설을 뒤집어 쓴 채
우리를 맞이하네
좀 쌀쌀하고 무심한 표정으로.

우선 본 것이 세쿼이어 거목(巨木)들,
붉은 나무껍질의, 상록의 거목들,
거목들, 거목들, 거목들, 거목들……
우듬지는 도무지 보이지 않을 만큼
죽죽 하늘을 찌르고 있구나야.
주변의 싱그러운 오존과 나무향에
확, 뚫린 것은 콧구멍뿐 아니라
나의 무거웠던 머릿속까지.
와, 와, 와, 와,……

탄성을 지르지 않을 수 없다.
아이들처럼 종종걸음으로
우리 일행은 사진 찍기 바쁘구나.

그 중 이름난 세쿼이어 거목은
209 피트 높이인데다
30,000 입방 피트도 넘는
용적을 갖고 있다.(그 정도의 목재라면
방 다섯 개짜리 집을 수십 채 짓는단다)
미상불 지구상 최대의 생명체.
수령은 무려 2,700년이라고 하니,
그저 기가 막혀 말이 안 나온다.

그 어떤 풍요한 생명력을 지녔기에
그토록 오랜 세월을 자랐을까.
그 어떤 강인한 생명력을 지녔기에
그토록 엄청난 폭풍우와 폭설과
벼락의 무수한 강타를 견뎠을까.

*

세쿼이어 거목이여, 세쿼이어 거목이여,

그대의 품 속에서 나는 사실상

망연자실한 채, 또는 깊은 명상에 잠긴 채,

몇 시간이고 머물고 싶었건만,

또는 이리저리 서성이고 싶었건만,

자연에의 외경(畏敬)을 되찾고 싶었건만,

이 초절적(超絶的)인 자연의 경이로움,

그 신비와 미(美)와 훈향에 한껏 도취하여

탈혼(脫魂)의 경계를 노닐고 싶었건만

슬프다, 이 몸은 시간에 쫓기는 나그네 신세임이.

그런데 이윽고

우리 앞에 펼쳐진 경관은

적지 않은 실망을 안겨 주네.

4000 피트의 높이를 자랑하는

거대한 한 덩어리 화강암 바위,

엘 캐피탄이 뵈지가 않는구나.

하늘은 흐린데다 짙게 덮인

안개로 말미암아 절반의 절반
아래 부분밖에 뵈지가 않는구나.
얼마 전 한국의 H대 등반대가
그 깎아지른 높이에 도전하다
실패하고 말았단다.

「저기가 바로 요세미티 폭포예요」
하지만 그것은 정확히 말해서
「요세미티 폭포가 있었던 자리예요」
해야 할 것 아닌가?
폭포는 말라 시들어 버렸기에.
원 세상에! 북미 최고라는
2,425 피트의 요세미티 폭포가
겨우 절벽에 물 흔적만 남기고
꺼지고 말다니, 사라지고 말다니.

그러자 어디선가 문득 이런 소리가 들리네.
「봄이나 여름에 이곳에 올 일이지,
누가 이런 때 오라고 했던가?

그리고 번갯불에 콩 궈 먹듯 하는
반나절의 반나절 관광도 관광인가?
요세미티의 진수를 맛보려면
적어도 3, 4일은 머물러야 할 것일세」

그래도 다소나마 위안이 되었던 건
요세미티 골짜기에
매우 고풍스런 단아한 목조
교회 건물을 본 것하고,
시냇물의 초록빛 물빛깔을 본 것이다.

1994. 2. 2

금문교(金門橋)

미국 서부에서

가장 아름다운 환상적 도시,

샌프란시스코!

하면 우선 뇌리에 떠오르는 것이

금문교이렷다.

바다에 걸린 강철의 무지개,

또한 그것은 미국의 상징이자

살아 있는 꿈이렷다.

그 꿈이 낡아서 녹슬지 않도록

페인트 칠을 한다고 하는데,

전체를 칠하자면 열두 달이 걸린단다.

20년 전에 이곳에 왔을 때엔

그냥 차 타고 지나갔을 뿐이었지.

그런데 이번엔

바로 금문교 아래까지 간다는

순항선에 몸을 싣고 있다.

바람이 강하고 몹시 차다.

열심히 따라오던 두 마리 갈매기 중

한 마리는 어디로 실종된 것일까?

바다에서 바라보는 샌프란시스코의

스카이라인 멀어져 가는 것이

이젠 전혀 안 뵈누나 싶었을 때,

선체가 느닷없이 심하게 요동한다.

승객들은 저마다 이리 흔들 저리 흔들,

웃음 섞인 비명을 터뜨리며 견디고 있구나.

금문교 바로 아랜, 원래 이렇듯

물살이 갑자기 급류를 이루면서

무섭게 소용돌이친다는 것이다.

나는 끄덕였다.

그러니 금문교는 현수교(懸垂橋)가 될 수밖에.

금문교에서 투신하는 사람은

그러니 백프로 성공할 수밖에.

1994. 2. 3

4 네팔 시편

나모 붓다

카트만두에서 동쪽으로 40킬로
듀리켈까지는 택시 타고 갔지만
거기서 목적지 나모 붓다까지는
고물 버스 탔는데,
분가루 같은 먼지가 무려 10센티는 쌓여 있는
비포장 산길을 덜거덕덜거덕
달리는 꼴을 상상해 보라.
창문을 꼭꼭 닫아도 소용없다.
차안은 삽시간에 최악의 황사(黃砂)현상……
입과 코를 손수건에 더하기
휴지로 막았지만 목안이 칼칼하다.

나의 이런 자문자답.
〈나모 붓다 가는 길이 이렇게 힘들 줄야
 이건 몰라서 한 번은 가겠지만
 두 번은 못 가겠어〉
〈본래 티끌로 만들어진 게 인간 아닌가
 그걸 일깨워 주는 거라 생각하게〉
〈티끌은 티끌이나 좀 다르지〉

〈어떻게 다른가〉

〈부처님 씨앗이 깃들여 있는 티끌……〉

차에서 내리자 이내 산꼭대기,
확 트인 그곳에 아주 잘 지은
수도원 있다. 명상과 교육 위한.
미상불 이곳은 별세계로군.
사방팔방으로 나부끼는 깃발들,
청 · 백 · 적 · 녹 · 황의 룽다가 나란히
즐비해 있거나 만국기처럼
하늘을 수놓은 타르초의 바다, 바다……

부신 햇살 받고 활짝 미소 띤
젊은 라마 승려들. 그중 한 사람은
우리에게 친절히 다과를 대접한다.
살 것 같다. 그 안의 부처님
씨앗이 곧 내 안의 부처님
씨앗임을 알겠구나.
나도 합장하며 미소를 짓고 보니.

「나모 붓다 스투파 어디에 있습니까?」
「산 중턱에 있으니, 저리로 돌아
 내려가십시오」

도중 작은 사당을 만나다.
바로 그 안에 예의 석가모니
전생담을 담은 돌 부조(浮彫)가 있을 줄야.
〈옛날 이곳 산골짜기에서 어느 한 사냥꾼이
 암컷 호랑이를 죽인 적 있었는데
 마침 우연히 이곳을 지나가던
 보디사투바(부처님 전신)가
 그 죽은 호랑이 곁에 배고파 울고 있는
 너덧 마리 호랑이 새끼를 보자
 측은한 생각에서 자기 몸을 내던져
 주었다는 이야기〉
그 부조 앞엔 흰 명주 천들과
꽃들이 바쳐지고
또 무수한 등잔불이 켜져 있다.
기도하는 사람들 열기도 후끈후끈.

*

마침내 나모 붓다 스투파 만나다.

스와얌부나트나 보드나트의 스투파에는

훨씬 못 미치나

탑신 사면에 불안(佛眼)이 그려져 있기는 마찬가지.

둘레엔 흰 소탑(小塔)들이 에워싸고

그 바깥으론 원통형의 마니 차(車)들이

빙 한바퀴 돌아가며 있는 것도.

이곳에도 타르초가 만국기처럼

화려하게 하늘을 수놓고 있음이여.

오체투지하는 늙은 라마 승려도 있음이여.

그러고 보니 스투파 전체가

부처님 만다라. 아니 산(山) 전체가

세계일화(世界一花)임을 증명하는 화엄 만다라.

2000. 4. 8

룸비니 찬가(讚歌)

1

오오 룸비니,

처음도 없거니와 끝도 없는 이곳

무한 고요와 광활한 초원만이

부드러움으로 펼쳐져 있구나.

참으로 부처님 탄생지다워라.

간밤에 들리던 늑대 울음소리

어디로 사라졌나.

하늘과 땅이 손잡고 얼싸안던

그날 부처님 탄생의 시각,

마야데비 부인이

오른손으로 사라수 나뭇가지

힘주어 잡으실 때

절로 태어나신 오, 아기부처님

'천상천하유아독존(天上天下唯我獨尊)' 사자후하시다.

동서남북 상하로 일곱 걸음 걸으시다.

이래 이천오백사십사년 동안

하늘에선 영롱한 꽃비 내리고

땅에선 백화만발

그칠 줄 모르고 시들 줄 모르누나.

이래 땅은 하늘 되고

하늘은 땅 되다.

세계는 일화(一花) 되다.

무량 광명 뿐다.

본래 평화와 복락은 이렇듯

지금 여기 이렇게 있는 것이라고

룸비니 동산은 증거하고 있음이여.

2

BC 250년에 세운

아쇼카 왕의 석주(石柱)

거기엔 아직 이런

명문(銘文)이 선명하게 새겨져 있나니.

「많은 신들의 사랑을 받고 있는

인자한 왕(아쇼카)은

즉위한 지 20년이 지나

친히 이곳을 찾아 예배하였다
이곳은 붓다 샤카무니가
탄생하신 곳이다
그래서 돌로 말의 형상을 만들고
석주를 세우도록 했다
이곳에서 세존이 탄생하셨음을
기념하기 위해서다
룸비니 마을은 조세를 감면하여
생산물의 팔분의 일만을 징수케 한다」

3

싯달타 연못,
마야데비 부인이 출산 후 목욕했던
연못 건너엔
엄청 크나큰 보리수 있다.
그 아래 좌정한
젊은 티베트 승려는 지금
무슨 명상에 잠기고 있는지.
사방팔방으로 만국기처럼

줄줄이 걸려 있는 오색 타르초들……

그 안에 찍힌 경문이라도

외우고 있는 건지.

마야데비 사원 앞

풀밭엔 지금 한련이 한창이다.

그 작은 연잎 같은 초록의 이파리며

신선한 주황색 오판화 보노라니

정신이 반짝 난다.

4

귀로에 다시 한 번 눈여겨보게 되는

세계 평화의 샘

Lumbini : the Fountain of World Peace

그렇다 참으로 적절한 시기,

적절한 장소에 잘도 세웠네.

샘을 앞두고

그 하이얀 석조 기단 위엔

꺼지지 않는 구원의 불길이

주야로 활활 타오르고 있음이여.

그렇다 룸비니,

이곳은 진정 세계 평화의 샘,

아니 온 우주,

삼천대천세계(三千大千世界)가 한 송이 꽃임을

증거하는 생명의 핵(核)이어늘.

2000. 4. 10

룸비니에 한국사원 대성(大聖) 석가사(釋迦寺)를

룸비니 핵심에서
가장 가까운 곳, 거기엔 역시나
네팔 사원 있다.
불안(佛眼)이 그려진 스투파 모양의
지붕 보아 알 수 있다.
그 옆엔 나란히 티베트 사원,
법륜(法輪)을 사이 두고
두 사슴이 마주 앉은 상징 보아
알 수 있다.

독일, 프랑스, 일본, 베트남,
스리랑카, 미얀마, 태국, 중국 사원 등
나라마다 특색 살려 불교전통 자랑하네.
거기에 우리 한국
극동의 호랑이가 빠져서 되겠는가.

한국 사원 대성(大聖) 석가사(釋迦寺)는
지금 한창 건축 중,
중국 중화사(中華寺) 건너편에 있다.

*

이미 완공된 요사채만 보아도
그 넉넉한 규모에 놀랄밖에.
방마다 침상에 불 밝고 물 콸콸,
주지 스님 따스한 배려에 감읍하네.

겨우 기초공사를 끝낸 상태지만
대웅전 비롯하여 뭇 당우들
완공될 무렵엔 기필 하늘에서
꽃비 내리고 땅에선 샘 솟으리.

룸비니 제일의 우람한 가람 규모
대초원(大草原) 밤하늘에 보름달 같으리라.
누가 이런 대작 불사 감당해 낼 것인가.
각현 법신 주지 스님 말고는 없으리라.

이미 천신만고의 가시밭길 고비고비
그는 용케도 극복하였으니,
정히 일당백의 용기와 능력
그 옛날 혜초(慧超)를 연상케 하네. *

고향을 물으니 경주란다.

그러면 그렇지, 석굴암 대불께서

이곳으로 보내신 분임에 틀림없다.

한국에 계신 불자 여러분들

법신 스님 대작 불사 기어이 완수토록

우리 힘 모아 성불인연 지어 보세.

2000. 4. 11

보드나트 스투파

1

신(神)들이 사는 곳

히말라야 산자락,

카트만두 분지의 모든 기운이

하나로 모인 지점,

좀 외진 시가지 한 켠에나마

보드나트 스투파 당당히 서 있다

세계에서 가장 큰 규모를 지닌.

2

언제 그것이 세워졌는지

아는 사람은 아무도 없다.

3

흰색으로 칠해진 8면체의 기단부,

그 위엔 역시 흰색으로 칠해진

거대한 반구체(半球體),

그 위엔 금으로 도금된 4면체,

(그곳이 스투파의 핵심부위임

왜냐면 거기엔

면마다 크게 두 불안(佛眼)이 그려져 있으므로)
그 위엔 13층 세모꼴 첨탑,
그 위엔 원반형 보개(寶蓋)가 있고
꼭대기엔 작은 황금종이 놓여 있다.

우주의 구성요소
지 · 수 · 화 · 풍 · 공(地 · 水 · 火 · 風 · 空)의 5대(大)가 한 자리에
집약적으로 상징된 것이란다.
하여 이 굉장한 보드나트 스투파는
신비스럽고도 거룩한 기운을
사방팔방으로 뻗치고 있나니.

4

흑 · 백 · 황인종 가릴 것 없이,
힌두교 라마교 가릴 것 없이,
무신론자 기독교도 따질 것 없이
왜 동서양의 남녀노소들,
왜 세계 각국의 선남선녀들이
이곳에 모이면 말을 잃고 아득해지는 걸까?

왜 한없이 소박해지고 느긋해지는 걸까?

바람에 펄럭이는 오색 깃발들,
만국기처럼 하늘을 가린 타르초 함께
시야에 들어오는 온갖 이색풍경……
스투파를 중심으로 회랑(回廊)을 이룬
가게엔 저마다 팔려는 물건들
형형색색의 가면들, 신상(神像)들, 불구(佛具)들이랑
히말라야 설산(雪山)의 사진엽서까지
시선을 빼앗는 것들 투성이다.
게다가 장사치들 물건 사라고
꼬시는 소리 시끌시끌 바글바글
정신을 빼앗지만, 왜 마음은
아늑해지고 즐거워지는 걸까?

중요한 것은 이 스투파가 풍기는 기운,
이 근원적인 밝고 넉넉하고
청정한 기운의 출처인 것이다.

5

그것은 바로 저 스투파에 그려져 있는
크게 뜬 두 눈에서 오는 게 아니랴.

혜안(慧眼)을 지닌 사람은 첫눈에
그 스투파의 두 눈을 보고
전율을 느끼리라.
수희공덕(隨喜功德)의 눈물을 흘리리라.
오체투지의 정례(頂禮)를 올리리라.
그것이 불안(佛眼)임을,
더없이 바른 위없는 깨달음을
얻은 눈임을 알고서 말이다.

깨달음의 눈앞에선
만법(萬法)이 하나로.
삼라만상이 원융무애의
하나로 본질을 드러내고 마는 것을.
(부처님 두 눈 아래
네팔 숫자로 1자(字)가 그어진 까닭이 그것이다) *

불안(佛眼)이 있는 한
인류는 이미 구제 받은 것이나 다름이 없다.
인간의 육안(肉眼)이 천안(天眼), 혜안(慧眼), 법안(法眼) 거쳐
불안(佛眼) 될 수 있음을 깨우쳐 주는 것이
불법이어늘.

6

보라 지금 이 스투파 돌아가며
오체투지하는 티베트 노부(老婦)를.
또는 외곽 벽면에 늘어선 마니 차(車)를
돌리며, 돌리며
옴마니반메훔 외우는 순례자를.

그들의 눈엔 주변의 온갖 혼잡이 안 보이고
그들의 귀엔 주변의 온갖 소음이 안 들린다.
그들 마음 속의 보드나트 스투파는
어떤 설산(雪山)보다도 높고 거룩하다.
아니 그 끝은 아득히 솟아 있어
보이지 않는 천상(天上)에 닿아 있다. 2000. 4. 13

스와얌부나트 스투파

카트만두 분지의 새벽 안개 뚫고
햇살이 비치면
제일 먼저 가 닿는 곳,
스와얌부나트.
드높은 언덕 위에 자리잡은 까닭이다.
네팔의 가장 오래된 불교사원.

그 중심부에 스투파 솟았는데
기단을 이룬 흰빛 반구체
그 위에 금으로 도금된 4면체엔
면마다 크게 뚜렷이 그려진
불안(佛眼)이 있다.
짙은 눈썹 사이에는
제3의 눈인 점이 박혀 있고.
그 아래 그어진 건 (코가 아니라)
1자(字)인 것이다.

그러고 보니, 네팔엔 도처에
들에건 산에건 시정(市井)에건 간에

대소(大小)를 막론하고 스투파 서 있는데,

거기엔 반드시

크게 뜬 두 눈이 그려져 있다.

사물의 본질을 꿰뚫어 보는 눈.

더없이 순수한 공평무사의 눈.

터럭 끝만큼도 의혹이 없는 눈.

시작이자 끝이고 끝이자 시작인 눈.

명경지수의 눈. 근원의 근원.

지혜와 자비, 자유와 사랑이

둘이 아님을 증거하는 눈.

침묵으로 사자후하는 눈.

그 앞에선 누구나 두려움이 사라지고

안심입명(安心立命)의 평온을 얻게 된다.

불교도에겐 불안(佛眼)이 되겠지만

힌두교도에겐 창조신의 눈이 될 터.

이런 불안(佛眼) · 신안(神眼)의 가피력 믿기에

네팔 사람들은 현세 긍정적

낙천적 심성을 지니게 된 것일까. *

아무튼 이 정안정시(正眼正視)의
두 눈이 내게 주는 충격은 컸다.
네팔 체류 동안
그 인상은 너무도 강렬해서
내 뇌리를 떠나지 않았다.
꿈속에서까지 나를 쫓아왔다.

본래 시인이란 누구보다도
자신을 신(神)에 닮게 하려는 자,
참되게 '보는 사람' 되기를 원하는 자,
순수연관 속에 사물의 진상을
있는 그대로 꿰뚫어 보기 위해
연꽃 속 보석 같은 제3의 눈을
갈고 닦으려는 사람이 아니던가.

2000. 4. 14

오직 눈으로만……

주건물 지붕 위에 황금빛 두 사슴이
황금빛 법륜을 사이에 두고
마주 앉아 우러르는
티베트 불교사원에 당도하다
포카라에서도 제일 크고 아름다운.

늙은 라마승이 바람처럼 나타나다.
머뭇거리는 우리에게 미소로
들어가도 좋다는 시늉을 하다.
법당 안은 온통 화려한 단청으로
눈이 부시구나. 더구나 가운데

가부좌하신 빛뿜는 부처님은.
합장 배례한 뒤 사진을 찍다.
조심조심 나와서 미안한 듯이
그 늙은 라마승 뵈었더니
그는 그저 만면에 웃음이다.

그제사 그의 주름진 얼굴을 유심히 바라보다.

그 골 깊은 주름살에 흐르는 미소의 향기,

그 그윽한 눈매에 어린 별빛 너그러움,

나는 점두하다 이 분은 모든 것을

오직 눈으로만 말하고 있다고.

2000. 4. 17

부다닐칸타

뭇 세계는,

아니 우주(宇宙)는 도대체 얼마나

창조 · 보존 · 파괴의 연쇄를 되풀이해 왔는가?

존재인 동시에 비존재이기도 한

겁초의 바다 위에

비슈누 신(神)이 잠들어 있다.

얽히고 설킨

뱀들을 깔고 누워.

우주의 중추, 불멸의 대영혼,

전지전능의 위대한 신(神)이.

그는 지금 창조를 꿈꾸고 있다.

활동을 앞둔 휴식의 반수(半睡)상태.

그의 내면에 잠재해 있는 힘이

이슥고 새로운 우주 한가운데

꽃피어나기 위해

아주 서서히 익어가는 중이다.

마침내 때가 차면

그는 어떤 화신(化身)이 될 것인가?

그렇게 되기까지

수십억 년쯤 걸릴 지도 모를 일.

※

다만 그대 당장에라도
하늘을 우러르며 뱀들을 깔고
못물에 누워 있는 비슈누 신상(神像)을 보려고 할진대
어렵지 않네.
네팔로 오게.
카트만두 북쪽 9킬로 지점
시바뿌리 산자락
부다닐칸타로.

2000. 4. 18

칼라바이라브 상(像)의 변용을 위하여

분노한 시바 신의 무서운 화신.

온몸이 검다.

얼굴은 하나지만 팔은 여섯 개.

가슴에 모아진 두 손말고도.

두 오른손엔 치켜든 칼과.

예리한 삼지창.

두 왼손엔 잘라 낸 팔과.

목 없는 머리 셋.

피 빨아먹은 듯 입술과 손바닥과.

눈썹에까지 끈적끈적한.

피빛깔. 피냄새.

드러낸 이빨과 딱 부릅뜬 눈.

살아 있는 뱀목걸이. 화염의 머리칼.

목 잘린 얼굴들을 꿰어서 주렁주렁.

염주인 양 두 어깨에 걸치고 있다.

그는 지금 소리 없이.

사자후 하고 있다.

인간들아. 인간들아.

요사스럽고도 시건방진 무리들아.

속임수 쓰고 나쁜 짓 하면.

어떻게 되는지 알고 있으렷다.

단번에 단칼로 끝장을 내주겠다.

벗어나라. 아무쪼록.

허깨비 같은 환영에서 벗어나라.

그러자 다음 순간 그 무서웠던.

칼라바이라브. 표정이 달라지네.

서서히 서서히 춤추는 자세로.

분노의 신에서 무용의 신에로.

칼라바이라브에서 본래의 시바로.

그가 아주 돌아갈 날 올지도 몰라.

2000. 4. 19

새벽의 포카라 전망대에서

아직 어슴푸레한 산정(山頂) 전망대로
속속 모여든 뭇 나라 관광객들
기대에 부푼 눈앞에 펼쳐진 건
안나푸르나 연봉의 만년설, 꿈속에서처럼
아련한 그것이 선명하게 밝기를 기다린다.

이윽고 맨 먼저 동트는 햇살 받고
신묘(神妙)한 백금의 연소를 보인 한 점,
그것은 역시나 안나푸르나 주봉인 제1봉
그것의 심장부. 그 백금의 연소는 차츰
연봉 전체로 퍼져나가누나.

풍요의 여신(女神), 안나푸르나가 베일을 벗고
마침내 순백의 알몸을 드러내자
사람들은 저마다 넋을 잃을밖에.
그것은 단순히 순수무구한 미(美)일 뿐 아니라
그야말로 초절적 신성(神聖)인 때문이리.

찰칵 찰칵 사진을 수십 번 찍는데도

결국 그건 헛거다. 순간 소리 없이

신속(神速)한 뇌수술을 받는 것에 비한다면.

신성한 것에 의해 그것을 받을진대

그는 이제 영원히 히말라야 사람 되리.

2000. 4. 28

포카라 포카라

어제 아침 포카라 전망대에서
대설산군(大雪山群)을 본 것은 사실이나,
이어서 종일 포카라의 이곳 저곳
관광으로 시간을 보냈네.
기진맥진한 몸
호텔에 돌아와선 락시를 기울이고
단잠에 빠졌었지.

오늘은 일찍 이곳을 떠나는 날
침상에서 일어나자
문득 한 생각이 번개처럼 스치누나.
그렇다 3층 옥상으로 나가 보자.
아니나다를까, 거기 하늘에는
안나푸르나 순백의 거봉군(巨峰群)이
이마에 와 부딪치네.

꿈과 현실의 사이는 없다고,
이것이 천상계(天上界)의 참모습이라고,
어서 뚫어지게 그대의 육안으로

이 설백의 대빙벽(大氷壁) 만지라고,

하며 바싹 다가와 있는 것은

안나푸르나 산군(山群)의 한가운데

멋진 세모꼴 융기를 이룬 마차푸차레.

그렇다 이곳에선 도무지 발길이

떨어지지 않는구나. 포카라, 포카라.

햇살의 옮김 따라 칠색으로 변화하는

설산의 모습 보며, 설산과 하나 되어

살고 싶구나야. 호텔의 옥상,

시장의 처마밑, 페와 호(湖)의 나룻배……

어디에서나 설산은 문득 이마에 부딪나니.

2000. 4. 29

카트만두 인상(印象)

카트만두 분지에는
달발(=왕궁) 광장이 세 개나 있다.
세 개의 도시 왕국
카트만두, 파탄, 박타풀 때문.
서로 경쟁과 모방의 되풀이로
고도의 세련된 문명을 이룩했다.

달발 광장에 들어가 보면
마치 타임 머신을 타고
중세(中世)로 거슬러 올라간 느낌이다.
비슷비슷한 건물들이 너무 많다.
불교 사원, 힌두 교사원……
웬 사원들이 이렇게 많은가.
삼층, 오층의 탑과 망루가 즐비해 있다.
가만히 살펴보니
적갈색 벽돌과 목재가 절묘하게
궁합을 이룬 양식.
고색창연하다.
하나의 거목(巨木)으로 세워졌다는

카스타만답 사원도 있거니와

건축미의 극치를 이룬

순석조(純石造) 크리슈나 사원도 있다.

어떤 사원은 이색적인 원형 오층탑을 이룬 것도.

구왕궁 일부가 오늘날에는 박물관인 곳도.

그 앞엔 빨간 원숭이 신(神)이.

황금사원은 그 이름 그대로 금빛 찬란하다.

어떤 사원은

지붕의 하중을 견뎌 내도록 버팀목들을

층마다 비스듬히 여러 개 세웠는데

거기엔 가득히 우아한 자세의 남녀 신상(神像)들이

그리고 그 아랜 별별 모양새의

남녀 합환상(合歡像)이 양각되어 있다.

놀라운 목공예. 극히 정교하고 세련된 솜씨.

신(神)과 인간 사이, 또는 동물 사이,

중세(中世)와 현대 사이, 힌두교와 불교 사이,

꿈과 현실 사이,

그 '사이' 가 이곳엔 없다.

코끼리 신(神)도 있고

비슈누 신(神)이 타고 다닌다는 가루다도 보인다.
광장 한가운데 세워진 사원에선
이층 창 밖으로
시바 신(神)과 그의 아내 파르바티 여신(女神)이
늘 얼굴을 내밀고 있다.
큰길가 땅바닥에
몇 마리 소가 배를 깔고 누웠는데
그중 어떤 소는 성자(聖者)의 얼굴보다
더 거룩한 표정을 짓고 있다.
근대적 건물 옆에
잡초 우거진 낡은 사당(祠堂)이 있는가 하면
사원 경내에 거주지 있는 곳도.
샘터에선 머리 감는 여인들을 볼 수도 있다.
사원의 일층이 선물가게로
둔갑한 데도 있다.
신(神)들과 인간들과 동물들이
의좋게 더불어 살고 있다.
인간이 신(神)이 되기도 한다.
살아 있는 여신인 쿠마리가 그들인데

그중 여왕 쿠마리는
달발 광장 안 사원에 살고 있다.
사춘기 이전의, 제한된 종족의
순수 혈통 지닌 소녀라야 되는데
엄격한 선발 거쳐 여신이 된 후에도
피나 눈물을 흘리게 되면 자격을 잃는다.
산더미 같은 짐을 묶은 띠를
이마에 걸치고 짐꾼이 지나간다.
비좁거나 말거나 택시도 자전거도.
관광객 상대로 광장에 온갖
잡동사니 차려 놓은 상인들이 엄청 많다.
나무탈, 금속탈, 염주, 향꽂이, 향보관함,
탕가, 마니 차(車), 청동불상들, 힌두교 신상들,
티베트 수직물들, 네팔 특유의 쿠꾸리칼들
단칼로 소의 목을 자르기도 한다는.
단순 기묘한 악기를 부는 사람.
느닷없이 다가와서
살짝 춘화(春畵)를 보여주는 홀쭉이.
이런 혼잡과는 상관이 없다는 듯

어떤 벽안(碧眼) 청년은 망루에 올라서서
종일 무심히 굽어보고만 있다.
이렇게 많은 사원, 이렇게 많은 신(神)들,
네팔인에게 있어 그것들은 무엇인가?
혹시 그런 생각을 하는 것은 아닌지?

나는 그 순간
보드나트 스투파에 그려진 불안(佛眼)을
떠올려 본다. 그 외곽 주변을
마니 차(車) 돌리며 걸어가는 순례자를.
또한 일체 타인의 시선은 무시하고
오체투지의 정례를 계속하는 늙은 라마승을.
또한 저 뱀들을 깔고 못물에 누워 있는
비슈누 신(神)을. 그의 목둘레에
뿌려져 있는 꽃들을 떠올린다.
또한 저 인도 바라나시 축소판 같은
파슈파티나트의 고행하는 요기들을.
태어나서 한 번도 자르지 않고
씻지도 않은 그들의 머리칼을.

*

네팔인에게 있어 종교란 무엇인가?

그것은 그들의 영혼이자 육체이다.

취미이자 생활이다.

아니 바로 들숨이자 날숨이다.

왜 그들에겐

그토록 많은 축제가 있는가?

왜 그들은 빈궁 속에서도

그토록 밝은가?

왜 그들에겐

단네받(=감사합니다)이란 말이 있으면서

인간 상호간엔 좀처럼 안 쓰는가?

(단네받은 신(神)에게나 쓰는 말이라네)

대신 그들은 고개를 약간 갸우뚱거리고는

빙그레 웃는다.

2000. 5. 2

고철(古徹) 거사에게

그대 고철(古徹)거사, 방랑시인답게
국내에 있었을 때도
바람처럼 구름처럼
오지만을 찾아
'꽃피는 산골'
안 가본 데 없더니만,

마침내 인도 티베트까지
바람처럼 구름처럼
떠돌아다니더니,
세계의 오지, 순백의 히말라야
그 산자락에 숨어서 살고 싶어,
숨어서 살고 싶어,

낙착한 곳이 네팔의 카트만두
그 교외인 골프탈이로구나.
뜰 앞 대숲 아래 펼쳐진 것은
광활한 보리밭 밀밭이로구나.
그 사이 구불구불 나 있는 논두렁길,

흐르는 냇물도 고향 산촌 그대로다.

적갈색 벽돌 아담한 이층집,
왜 거기에 백은산사(白隱山舍)라는
이름을 붙였는지 알 만하이.
백은(白隱)은 바로 그대의 돌아가신
조부님 아호란 걸 알고 나니 말야.
새삼 인연의 묘함을 깨닫겠네.

거실 벽에 걸려 있는 조부님 사진
고결한 모습 뵙지 않더라도
그분의 혜안(慧眼)에 탄복하게 되네.
당신의 손자가 세계의 오지,
순백의 히말라야 그 산자락에
살게 될 것임을 내다 보셨으니.

그대 고철(古徹) 거사, 근원을 찾는 자여.
끝내 숨어서 티끌로 잦아들지는 말게.
티끌 속에 들어 있는 우주를 밝히도록.

그대가 아니고선 쓸 수가 없는 글들,

그것을 쓰게. 한국과 히말라야,

한국과 네팔, 그 사이에 다리를 놓게.

2000. 5. 3

수자타 보살에게

수자타 보살과 고철 거사 사이에는
섬이 있습니다.
거기가 네팔 카트만두입니다.
히말라야 산자락에 가려서 잘
보이지 않는 백은산사(白隱山舍)입니다.

거기서의 한 달 체류,
나는 칙사 대접을 받았지요.

동트는 새벽이면 어김없이 날아와서
대숲에 앉는 새들의 신호
맑은 공기 뚫고 고막을 울렸어요.
우선 엽차 한 잔으로 위장을 깨웠지요.

뜰엔 이미 부지런한 네팔 청년
게루가 일어나 잔디에 물을 주고 있었습니다.
담장 아래 꽃밭에는
색깔도 가지가지 꽃들이 피어 있고. *

낮의 관광이나 피크닉 끝내고
저녁에 돌아오면 기다려지는
뚱바(=민속주) 맛 기막혔죠.
나무통에 고인 술을 빨대를 꽂아
빨아 마시는 방법도 특이했고.

네팔 음식이 별로인 내게
수자타 보살의 한국요리 솜씨는 일품이었어요.
김치, 깎두기, 미역국 비롯하여
두부, 삼겹살, 빈대떡까지
먹고 지냈으니 내가 내내 건강했을밖에요.

이쪽에서 친절한 말을 건네면 수줍은 듯이
약간 고개를 갸우뚱거리면서
빙그레 웃는 그들, 강가, 다네, 게루
잘들 있는지요?
그들에겐 더없이 훌륭한 여주인,
솔선수범하며 그들을 거느리는 수자타 보살
마음을 알 만해요.

앞으로도 늘 고철 거사 도와서
두 분이 유종의 미(美)를 거두세요.

서울에 돌아와서 제일 먼저 들었던 건
네팔의 민요,
렛삼 필리리, 렛삼 필리리……
(아하 이게 바로
강가가 불렀던 노래였구먼)

내년 가을쯤
다시 백은산사(白隱山舍)로 가게 될지 모릅니다.
샹그리라로.
안녕히 계십시오.

2000. 5. 6

핀조 라마에게

7년간 한국에서 뼈빠지게 일하고도
결국 빈털터리로 귀국하게 되었다니.
얻은 것은 허탈과 골병뿐인데도
'그래도 나는 사장님을 믿는다' 니!
내가 같은 한국인이란 것이 몹시 부끄럽다.
치솟는 분노를 억누를 길이 없다.
한국인들도 한때 서독으로 돈 벌기 위해
광부로, 간호부로 일하러 갔었건만
월급 받지 못 했다는, 푸대접 받았다는
말은 못 들었다. 개구리가 올챙이 적
생각은 못 한다는 말이 옳구나.

카트만두 가게 되면 핀조를 만나야지.
만나면 꼭 이렇게 말해야지.
〈그대의 수기는 나를 울렸다네
그런데 어쩌면 한국어를
한국인들보다 잘하니 놀랍군〉

나의 기대는 너무도 쉽게 그리고 빠르게

실현이 되었기에 나는 무척 기쁘고 고마웠지.
그대의 친절과 기민한 안내로
네팔 여행은 쾌적한 것이었어.

어린 시절을 네팔의 동부 오지,
칸첸중가의 산자락에서 보냈기 때문일까.
작은 체구지만 바르고, 착하고, 밝게 살려는
의지 덩어리야, 게다가 민첩하고
동정심 많고 신역(身役)을 마다 않는
노력가이니 청년의 모범이지.
핀조에게서 나는 네팔의 희망을 보았다네.

지금 나는 핀조가 포카라에서 사준
네팔 민요를 듣고 있네.
렛삼 필리리, 렛삼 필리리……
단순하면서도 더없이 친근한
가락의 되풀이가 가도가도 끝없는
첩첩 산중에 천연(天然) 그대로
티없이 사는 이들 삶의 애환을
생각나게 하네. 되씹게 하네.

2000. 5. 8

랑탕 히말 트레킹

① 둔체 (1965미터)까지는 버스로

카트만두에서 둔체까지는 버스로 8시간.

지붕 위에까지 짐과 사람을 싣고 간다.

운전 중인데도 지붕을 곡예하듯

오르내리는 네팔인 차장.

첩첩 산중의 아슬아슬 절벽 길을

굽이굽이 돌 때마다

버스는 잊지 않고 경적을 울린다.

빠르릉 빠릉. 대협곡 사이

흐르는 물도 퍼렇게 질려 있다.

밑에서 능선까지 산의 경사면이

온통 층층밭……

우기에 산사태로 밭과 농가들이

싹 쓸려버리는 경우도 있는 모양.

우리 일행 빼고는 대부분 벽안(碧眼)의

서양남녀들인데 말이 없다.

어떤 미국 청년은 '티베트에서의 7년' 을

읽고 있다. 들리는 것이라곤 뒷좌석에서

네팔인 두셋이 서로 주고받는

네팔말뿐이다. 그 간드러진
말의 거침없는 경쾌한 흐름을
즐겁고 기묘한 새소리라 생각하며
나는 그냥 내내 눈감기로 한다.

② 샤브르(2230미터) 가는 길

아침 6시 기상, 기분 좋은 쾌청이다.
여기저기 설산(雪山)이 보이지만, 감질날 정도.
이제부터 본격적 트레킹인 것이다.
바르쿠에서 가벼운 아침 식사.
짜빠띠, 오믈렛에 짜이를 마시다.
돌로 지어진 길가의 2층집들.
개, 소, 어린이, 노인이 다
때는 묻었지만 순하디순하구나.
어디선가 토종닭 울음이 들린다.
길은 차츰 오르막길.
멀리 건너편 가파른 벼랑을
길고 가늘게 쉬엄쉬엄 떨어지는 폭포를 보다.

한국의 심산유곡이 생각난다.
온통 푸른 이끼를 뒤집어쓴 바위와 나무줄기.
철철 흐르는 산골짜기 물,
그 위에 운치 있는 나무다리 건너가니
우거진 대숲. 이어서 장송림(長松林)이.
한 아름 굵기의 적송(赤松)들이 죽죽 뻗어
하늘을 가리고 있지 아니한가.
아열대라서인지 카트만두 근교 산의
솔잎들은 맥없이 아래로 길게 처져 있었는데
이곳은 다르다. 설산(雪山)의 정기를 받아서이리.
본래의 솔잎다운 생기와 긴장을 되찾고 있다.
그런데 웃음을 머금게 하는 것은
길가에 떨어진 솔방울들 모양새다.
이 굵고도 길쭉한 것들을 뭐라고 표현할까?
하자 그 순간 고철(古徹)이 가로되
임꺽정이 눈 똥덩어리 같다나.

희고 긴 깃발, 룽다가 펄럭이는
브라발 마을 식당에서

점심을 먹다. 네팔의 백반 정식.
쟁반에 담긴 녹두국, 흰쌀밥,
감자와 채소 볶음. 달밧따까리.
네팔 소주인 락시도 한 잔.
샤브르까진 아직 멀었는데
길은 계속 좋구나. 땀이 나도 잠시 쉬면
금세 가시고, 덧옷을 입게 마련.
흰 구름, 푸른 하늘, 울창한 초목 향기,
금싸락 햇살……신선 놀음이 아니고 무엇이랴.
더구나 간간이 우리 눈을 한없이
즐겁게 해주는 것, 붉은 꽃 있나니.
네팔의 국화, '라리그라스' 다.
녹음 속에 점점이 붉은 꽃송이가
정신이 반짝 나게 미소를 던진다.
멀리서 보면 진홍의 동백꽃 같기도 하지만
자세히 보면 철쭉 모양 작은 꽃이
여러 개 모여서 한 송이 꽃을 이루고 있다.

③ 샤브르에서 일박

표고 2천2백이 넘는 지점,
능선 양쪽 경사면에 민가와 로지가
다닥다닥 붙어 있다.
샤브르 마을.
하지만 사방이 더 높은 산들,
또는 멀리 설산(雪山)들로 둘러싸여
고지라는 느낌은 전혀 안 든다.
집집마다 긴 깃발, 룽다가 펄럭인다.
주민들은 타망족, 자신들이 최초의
티베트 출신이라 믿고 있는.
작은 학교 하나, 티베트 절인 곰파도 하나.

어느덧 서너 명 아이들이 몰려오다.
티없이 웃는 모습 너무 귀엽다.
꼭 한국의 꼬마들 같다.
나는 사진 찍자고 자세를 취한다.
털모자 쓴, 맨발의 꼬맹이는
아예 사진엔 관심이 없고
내 흰 수염만 만지작거리누나.

나는 당부한다 사진 배경에
펄럭이는 룽다들이 꼭 들어가도록.

그렇다, 이 룽다, 바람(風) 말(馬)이라는 뜻.
바람 향해 앞발 쳐든 백마가 갈기를
휘날리고 있는 모습 — 그렇게 보인다.
하지만 흰색 룽다 아닌
청 · 백 · 적 · 녹 · 황의 오색 룽다는?
필시 그것은 천지만물의 상징 아닐까나.
어쨌거나 룽다는 정화(淨化)와 극복의 의지를 담은,
신(神)에의 기원, 인간존재의 증명일 것이다.

샤브르는 룽다 마을. 곰파에도 학교에도
민가에도 로지에도 드높이 휘날리네,
흰색 룽다나 오색 룽다들이. 하여 대단히
아름답고 인상적인 정다운 마을.
그 한가운데 예티(=雪人) 호텔에서
묵기로 한다. 말이 호텔이지
바람 술술 들어오는 판자집에 불과하나

커튼을 제치자 그 순간 나는 넋을 잃을 뻔.

바로 순백의 가네쉬 설산(雪山)이
유리창 속으로 들어와 있다! 그것도 선명하게
마치 기적처럼. 눈물나는 영감(靈感)처럼.
손을 뻗치면 닿는 거리지만
나는 차마 만질 수가 없구나야.
그냥 목석처럼 미동도 못하고
두 눈으로 뚫어지게 응시할밖엔 없다.

※

오오 히말라야, 백설(白雪)이 사는 곳.
더없이 냉엄하되 더없이 따사롭다.
더없이 정밀하되 더없이 단순하다.
더없이 가깝되 더없이 아득하다.
보이지 않는 신(神)들이 사는 곳,
신성불가침의 세계가 있음이여. *

오오 히말라야, 거룩한 히말라야

그는 말하누나 침묵으로 말하누나.

시시각각 변화하는 흰색으로 말하누나.

만물의 영장(靈長)이라 자처하면서도

영성(靈性)엔 도무지 아랑곳 않고

물질만능에만 길들여진 인간들아.

스스로 자신을 초극하려는 자,

스스로 자신을 부단히 정화해서

그 초절적 신성(神聖)에로 상승하려는 자,

그들을 끌어내리려고 하지 말게.

더구나 감히 성속(聖俗)을 하나라고

섣불리 시건방진 말은 하지 말게.

성(聖)을 지향해 본 적도 없는 자가

어떻게 말할 자격이 있으랴.

우선 본래청정의 겸허로 돌아가게.

※

문득 나는 자신으로 돌아오다.

다시금 큰 눈으로 설산(雪山)을 바라보니
이미 절반 넘어 흐려져 있는데
분명 나직이 이런 소리 들려 오다.
「자네 왜 그러나?
나는 침묵으로도 말한 적 없는데」

호텔 문 밖 앞마당 탁자에는
나무통에 들어 있는 뚱바가 3개
일행을 기다리다. 고철(古徹)은 치통을 염려하여
안 마실 모양. 대신 그는
피리를 꺼내더니 저만치 떨어져서
불기 시작한다. 아리랑 아리랑
아라리요 아리랑 고개를 넘어간다
그의 옆모습이 쓸쓸해 보인다.

멀리 전방 드높은 곳에
하얗게 눈 덮인 능선이 보인다.
고철(古徹)이 말하기를 거기가 이틀 후에
우리가 걷게 될 라우르비나야크 능선이란다.

석양빛 받고 설백(雪白)은 백금(白金)처럼 빛나고 있다.

그런데 어느덧 해가 떨어지니

순간 설백은 목숨이 사위듯

잿빛으로 바뀌누나. 하지만 이내

상현달 달빛 받고

설백은 희끄므레 빛나기 시작한다.

초롱초롱한 별들 함께.

점점 밝아지는 달빛 때문일까.

나는 여러 번 반전을 거듭하다

잠든 모양인데, 새로 2시쯤엔

아예 일어나 앉기로 한다.

맞은편 침대 위에 잠들어 있는

백현(白玄)의 얼굴, 거기에 쏜살처럼

달빛이 꽂히자 그가 잠 깨는

희한한 모습을 나는 옆에서

역력히 지켜보다.

벌떡 일어나며 백현(白玄)이 하는 말,

「꿈속에서 달빛이 이마에 꽂혔어요

그래서 잠 깨 보긴 처음이네요」

④ 포프랑 단다 능선(3220미터)

샤브르에서 포프랑 단다 능선까지는
계속 가파른 오르막길이다.
오분쯤 올랐을까. 뒤돌아보니
샤브르 마을이 납작하게 엎뎌 있다.
다만 펄럭이는 룽다들만이
잘 가시오 또 오시오 손짓하고 있다.

숨이 턱에 닿고 몸이 천근이라
걸음이 잘 옮겨지지 않는구나.
달포 전 수술한 무릎 관절을 염려해서겠지
일우(一愚)는 양손에 지팡이를 하나씩 짚고 간다.
「쉬엄쉬엄 천천히, 될수록 천천히」
고철(古徹)이 조언한다. 날씨는 쾌청.

문득 전방에 라리그라스가 유난히 붉다.

「여기서 쉽시다. 전망이 굉장해요」
백현(白玄)이 소리친다. 그의 손짓 따라
서쪽을 바라보니 깜짝 놀라겠다.
벽공을 등지고 가네쉬 설산군(雪山群)이
길게 옆으로 펼쳐져 있나니.

길은 지그재그로 끝없이 이어질 뿐.
울창한 원시림 거목들을 살피면서
땀을 닦는데, 이상한 새소리
'휴우' '휴우' 우는 것이
힘내세요 백발노인, 나도 힘들기는
마찬가지라오 하는 것 같구나.

뜻밖에 깃대 꽂은 돌탑을 만나
한참을 쉬어 가다. 거기서부터는
감질나게지만, 랑탕 리룽(7225미터)도
얼굴을 조금씩 내밀기 시작한다.

무려 다섯 시간,

드디어 포프랑 단다에 오르다.
햇빛 쏟아지는 꽤 넓은 고갯마루.
울긋불긋한 등산복 차림의 서양 남녀들이
여기저기 널려 있다. 쉬고 있다.

점심을 먹기 전
나는 고갯마루를 한 바퀴 둘러본다.
설산(雪山)이 사방에
그 위용을 드러내고 있음이여.
순간 나는 뇌수술을 받는 기분.
산장의 이름이 왜 Sunset View인가를
알 만하구나야.

⑤ 싱 곰파(3335미터) 가는 길

포프랑 단다에서 싱 곰파 가는 길은
차라리 평탄하다. 눈이 쌓인 길,
또는 녹아서 질척질척한 길이긴 하나
이내 우리는 엄청난 전나무 숲으로 들어서다. *

둘레는 한 아름, 높이는 50미터
아니 그 이상일 듯. 카메라로는 물론
육안으로도 우듬지 끝이 잘 잡히지 않는다.
줄기는 덕지덕지 이끼로 덮여 있다.

가도 가도 끝없는 전나무 숲길
전나무가 자라면 이렇게도 되는 걸까.
물씬물씬 싱그러운 나무향에 취하여서
나는 좀 쉬고 싶다. 하늘을 우러른다.

벽공엔 어느덧 흰 구름이 드문드문.
온몸에 스며든 히말라야 정기(精氣)로
내 몸 어느 구석 나도 모를 잔병들이
깡그리 치유되고 마는 게 아닐까나.

한참 넋을 잃고 걷고 있는데
저만치 은발의 벽안(碧眼)여인 한 분이
웃고 있다.「참 굉장하죠? 이렇게 아름다운
장관을 일찍이 보신 적 있나요?」

*

「없습니다. 여기는 그야말로 전나무 천국예요!」

나는 전폭적인 동감을 나타낸다.

「특히 저 우람하고 운치 있게 잘생긴 전나무는

필시 전나무의 왕일 것입니다」

싱 곰파 못미쳐 민가가 한 채 있다.

일행은 거기서 짜이 또는 락시를 마시면서

잠시 휴식하다. 이끼 낀 고풍(古風)의 돌탑이 하나.

나는 놓칠세라 가까이 가서 사진을 찍는다.

⑥싱 곰파에서 일어난 일

저만치 드디어 싱 곰파 나타나다.

치즈 공장 지나 우리가 묵게 된

그린 힐 산장은 타르초 함께

청 · 백 · 적 · 녹 · 황이 거듭 이어지는

긴 룽다가 나부끼고 있는 것이

겉으로는 화려하다. 안은 그러나

엉성한 판자벽. 틈 사이로 술술

바람이 넘나든다. 더구나 백현(白玄)과
내가 묵게 된 2층 방은 3면이
유리창인 것이다. 전망은 좋다지만
몹시 썰렁썰렁. 예감이 안 좋다.

산장 뒤편의 완만한 비탈에는
온통 고사목(枯死木)들. (실은 화재를 만난 탓이란다)
도대체 싱 곰파는 어디에 있는 걸까.
산장들 틈에 끼어 주눅이 들어 있는
싱 곰파 찾아내어 들어가 본다.
절이라기보다는 퇴락한 창고 같다.
승려는 한 사람도 없는 모양.
중앙에 본존으로 천수관음상이 모셔져 있으나
거미줄 같은 낡은 베일이
걸쳐져 있는 데다 너무 어두워서
식별이 어렵구나.

전기도 없는 산장 방에서는
일찍 잠이나 청할 수밖에 없다.

촛불 켜 놓고 가만히 앉아
명상에 잠기기엔 히말라야 심산(深山)의
고요가 너무도 압도해 오는데다
무지 추워서 감내할 수도 없다.
달빛을 즐긴다고 백현(白玄)은 한동안
좌선하고 있더니만 그도 마침내
침낭 속으로 들어가 버리누나.

나는 도무지 잠이 안 온다.
숨을 제대로 쉴 수가 없어서다.
이리 뒤척 저리 뒤척 반전을 거듭해도
또는 마음 단단히 먹고
반듯이 누워 봐도 괴롭기는 마찬가지.
벌떡 일어나 앉아 봐도 잠시다.
게다가 소변은 왜 그리 마려운가.
문 열고 엉금엉금 밖으로 나가
밤하늘을 우러르다.
주먹만한 별들이 무심히 보석처럼
빛나고 있다.

*

결국 내 괴로운 신음소리 연발로
옆방의 고철(古徹)까지 잠을 깨고 말다.
물을 드십시오. 고소증에는 물이 좋습니다.
나중엔 우황청심환까지
꺼내 주었지만 별무효과다.
그날 오전 내내
적응을 이모저모 시도해 보았으나
나의 고소증은 끝내 막무가내.
아쉽지만 단호히 결단을 내릴 때다.
「도저히 안 되겠어. 하산(下山)하자구요」

⑦ 하산(下山)길 둔체까지

싱 곰파에서 간단한 점심 먹고
하산(下山)길에 들어서다. 둔체까지
지름길이라는데, 장장 다섯 시간
계속 가파른 내리막길이다.

더러 툭 트인 전망도 만나지만

대개는 울창한 밀림 속이라
별별 나무들 보는 재미 좋구나.
가다가 붉은 건 라리그라스꽃.

아열대라서인지 이리 비틀 저리 비틀
줄기와 가지들이 뒤틀린 거목에
온통 이끼와 더부살이 덩굴들이 밀착해 있어
오랑우탄 팔 같은 기관(奇觀)을 이룬 것도.

소나무 많은 곳은 떨어진 솔잎들로
길이 융단 같다. 그리고 여전히
웃기는 것은 굵고 길쭉한 것,
임꺽정이 눈 똥덩어리 솔방울들……

산더미 같은 무거운 짐을 지고
가쁜 숨 몰아쉬며 힘겹게 올라오는
짐꾼들 보니, 참 네팔인들 용하다 싶다.
그들에게 산신(山神)의 가호가 있기를.

*

소가 너덧 마리 몰이꾼도 없는데
가파른 길을 어슬렁 올라온다.
느닷없이 더덕냄새 코를 찌르는 곳,
필시 근방엔 약초도 많을라.

군대 막사가 있는 곳을 지나다.
이름 없는 무덤이 있는 곳도 지나다.
긴 백색 룽다가 휘날리는 찻집은
뜰도 넓어 한참을 쉬어 가다.

얼마나 걸었을까. 큰 협곡 아래
철철 흐르는 물소리 들린다.
너무 피곤하다. 털썩 주저앉아
마음을 달래노니 초콜릿 하나로.

오르락내리락 계속 이어질 뿐,
길은 도무지 끝날 줄 모르누나.
깎아지른 절벽 중턱 위태롭게 나 있는
비좁은 길을 곡예하듯 걷기도.

*

질푸른 계곡수, 그 위를 가로지른
출렁다리 나타나자 겁부터 난다.
무사히 건너갈까. 하산자에겐 환속교 되고
입산자에겐 입선교(入仙橋) 될 터.

그 뒤로도 무궁무진 이어진 보행.
발톱이 빠질 듯이 다리가 아프구나.
그냥 아무 데나 주저앉고 싶은 것을
억지로 참자니 다리가 후들후들.

둔체에 있는 티베트 호텔에서
저녁식사 끝내고는 나는 이내
취침할밖에. 꿈도 없는 잠,
눈도 코도 없는 단잠에 빠질밖에.

2000. 5. 19

히말라야 계집애들

하늘에서 떨어졌나? 땅에서 솟았나?
네 살에서 열한 살까지 사춘기 이전의
고만고만한 계집애들 열 명이
옆으로 나란히 한 줄로 서 있다.
흰 이빨 드러내고 활짝 웃고 있다.
네 살 짜리 둘만 무슨 영문인 줄 몰라
시무룩해 있거나 손가락을 물고 있다.
입은 옷 빛깔은 제각기 다르지만
하반신에선 제비꽃 냄새 나고
상반신에선 하늘 냄새 난다.
특히 이마에선 히말라야 눈 냄새도.
일대가 환하다. 꽃봉오리 둘과
나머지는 바야흐로 가장 청순하게
피어난 꽃송이들. 한 십 년은 그대로 가리.
십오 년 안엔 모두 시집가서 뿔뿔이 흩어지리.

2000. 5. 20

히말라야 단상(斷想)

1

이마에 별이 점지된 자라야
감히 히말라야 등반에 성공하리.

2

이만치 떨어져서 보는 것만으로도
보통 사람에겐 더없는 행운이다.

3

순수무구한 미(美)란 무엇인가?
우선 히말라야는 그것을 일깨운다.

4

진 · 선 · 미 다음이 성(聖)이라는 것,
그것이 초절적인 미(美)의 실체,
신성불가침의 의미인 것이다.

5

히말라야가 거룩한 것은
백설(白雪)의 거처일 뿐만 아니라

바로 신(神)들의 거처인 까닭이다.

6

히말라야의 고요,

상상을 불허하는 고요의 무게,

또는 그 고요 속의 엄청난 폭발음을

감지한 자라야 히말라야 사람 되리.

7

히말라야 사람이란

히말라야 체험으로

영원한 상처를 입은 자를 말한다.

2000.5.21

히말라야 정상(頂上)에서

세계의 지붕

신(神)들의 거처

지구의 지성소(至聖所)

히말라야 정상(頂上)에서

인간은 오래 머물 순 없다

몸과 마음을 더불어 홀랑

벗기 전엔

삶뿐 아니라

죽음도 홀랑 벗기 전엔

텅 비어 있는 투명한 영기(靈氣)로

환원되기 전엔

죽은 다음에야

비로소 보이는 빛깔이 있음이여

죽은 다음에야

비로소 들리는 소리가 있음이여

죽은 다음에야

비로소 열리는 경지가 있음이여 *

빛도 아니요 어둠도 아닌 것
있음도 아니요 없음도 아닌 것
늘지도 않고 줄지도 않는 것
깨끗하지도 않고 때묻지도 않은 것
끝도 아니요 시작도 아닌 것

한마디로 니르바나
무궁무진한 신묘불가사의(神妙不可思議)
적멸위락(寂滅爲樂)의 경지를 향해
그 유현(幽玄)의 신비를 향해
그 초절적인 절대를 찾아
그 고요와 안식과 평화 찾아
애타게 간절히 몽매간에도
그리워하는 자
궁극의 절정에로 오르기 원하는 자
오직 인간 말고 달리 있겠는가
천지만물 중에 달리 있겠는가

하여 마침내

감히 도전을 결단하는 자

삶과 죽음 사이

그 까마득한 상승(上昇)과 추락 사이

수직의 얼음 절벽을 타는 자

불가능을 가능으로 맞바꾸려는 자

뼛골을 파고드는 혹한을 무릅쓰고

죽음을 질겅질겅 씹으면서까지

정신 차리는 자

오직 자기와의 치열한 싸움에서

끝내 이기려는

오르고 오르려는 일념(一念)의 화신(化身)

나중엔 슬금슬금 귀신도 모르게

조여 오는 탈진과 마비의 고비마저

겨우 무아(無我) 무위(無爲)의 몸놀림으로

극복해 내는 자

인간밖에 더 있는가

히말라야 정상(頂上)에 선

인간은 잠시나마 반신반인(半神半人) 된다

인간정신의 위대한 승리 만세

히말라야 영봉(靈峰) 만세

1999. 10. 16

5 인도 시편

성자(聖者)

처자를 버리고
출가한 것이
그에겐 마치 전생의 일인 듯……
이젠 스스로의 나이도 잊었다.

갠지스 강에서의 성욕(聖浴) 이후로는
실오리 하나
몸에 걸치고 싶지 않았건만,
시바의 상징인, 생명의 뿌리,
남근(男根)마저 드러낼 수는 없어
그것만을 소중히 흰 천으로
싸매고 있을 따름.

해가 진 다음
땅거미 끼는, 여기, 카주라호
움막 안에서의
그는 도무지 뵈지가 않는다.

나그네의 티끌눈 탓만은 아닌,

그것은 그의 흙빛 살갗 때문,
이미 절반쯤은 흙으로 동화된.
그러자 이내 호롱불 켜지면
움막 안엔 정말 아무것도 없음을 알 수 있다.

다만 신(神)에게 바쳐진 제물인 양
호롱불 앞엔
그의 깡마른 흙빛 살덩어리,
말도 잊고,
노래도 잊고,
시장기조차 잊은.

그러나 그의 두 눈은 말해 준다
그가 한없이 깨어 있는 인간임을.

그 깊은 눈빛에 빨려 들어가면
누구나 잠시 탈혼(脫魂)이 된 채,
자신의 아득한, 겁초 이래의, 윤회(輪廻)의 수레바퀴
소리를 듣게 된다. *

나그네들은
꿈에서 깨어나듯
배낭을 뒤져
어떤 이는 금빛 오렌지 한 개를,
어떤 이는 십 루피 지폐 한 장을,
또 어떤 이는 비스킷 몇 개를
그에게 내밀었다.

마른 나뭇가지의
두 손으로 그것들을 받아 내려놓고는
다시 두 손으로 그것들을 일일이
허공에 쳐들면서,
(분명 그것은 신(神)에의 감사였다)
그는 겨우
꺼져가는 소리를 내었다.
동물이나 낼 법한 신음소리……
나그네 티끌 귀엔 그렇게 들렸지만,
필시 신(神)의 귀엔
더없이 영묘한 찬미의 가락으로

울려 갔으리라.

진정 무소유의 성자만이

그의 온몸의 악기로써

낼 수 있는 절묘한 가락으로.

1984. 4. 20

인도(印度)에 가려거든

저 모헨조다로라든가,

마우리야, 굽타, 무갈 등의

몇몇 강력한 왕조(王朝)의 부침(浮沈) 겪고

살아남은 영광은 들먹이지 않더라도,

서구의 선두주자, 영국의 손에 의해

현대문명의 세례는 받았건만,

아직도 태고의 정적이 그대로

도처에 서린 나라, 신비의 나라,

빈곤과 기아로는 좌절이 될 수 없는,

아직도 소리 높이 영성(靈性)이 판치는,

온갖 잡신(雜神)과 미신도 여전히 들끓곤 있지만,

지구상 유일의 신들린 나라,

하늘의 별처럼, 땅 위의 꽃처럼

걸인도 많은 나라, 성자도 많은 나라,

인도에 가려거든 맨발로 가라.

그대 시인(詩人)이여, 영혼의 기갈자여,

그러면 시바 신(神)이 그대를 지켜주리.

인도의 대지는 맨발로 밟아야

땅 위에 서려 있는 영기(靈氣)는 곧장

발바닥 살갗 뚫고, 서서히 올라
그대의 정수리를 뚫고 나가리라.
그대의 살갗은 흙빛을 닮게 되고
탐욕은 줄어들어, 군살이 빠지리라.
순례의 길에 필요하다면
담요를 하나 둘둘 말아
걸머지고 가라. 아무데서나
쉬고 싶은 곳이 그대의 집이 된다.
유달리 짙은 그늘을 펴는
거수(巨樹)를 만나거든
그 아래 좌정하여, 명상하라
그대는 바로 자연의 일부이고
신과 하나임을.
똥이 마렵거든(화장실은 찾지 말라
찾아봐야 없느니라)
태연스럽게 들똥을 눌 일이다.
대지에 가장 가까운 사람들,
인도인들이 그렇게 하듯.
인분은 대지에 가장 좋은 거름이 된다.

그대 시인이여, 영혼의 기갈자여,

드디어 저 히말라야의 딸,

갠지스 강변에 이르게 되거든

물 속에 뛰어들어, 물과 하나 되라.

그 거룩한, 불멸의 생명수에

영혼의 때마저 말끔히 씻기우면

그 순간에 육도윤회(六道輪廻)가 끊어지리.

금빛 햇살 받고 물에서 나올

그대의 알몸은 정녕 시인답게

빛뿜는 사원(寺院) 되리.

움직이는, 언어의 사원 되리.

1984. 4. 23

양극(兩極)을 그득히 하나로 채운……

니르바나와 육도윤회(六道輪廻) 사이,

영원과 시간 사이,

인도양의 푸른 물결과 히말라야 연봉의 만년설 사이,

파키스탄과 방글라데시 사이,

폭력과 비폭력 사이,

고대와 현대 사이,

하늘을 무찌르는 마천루와 땅으로 꺼져 드는 움막집 사이,

뉴델리와 올드 델리 사이,

질서와 혼돈 사이,

부자와 빈자 사이,

과격한 극좌(極左)와 보수적 극우(極右) 사이,

창조와 파괴 사이,

파먹는 독수리와 파먹히는 시체 사이,

삶과 죽음 사이,

흙 속의 뿌리와 공중의 꽃 사이,

암흑과 광명 사이,

성자(聖者)와 걸인(乞人) 사이,

밥 먹는 오른손과 밑 닦는 왼손 사이,

이승과 저승 사이,

바라문과 불가촉 천민 사이,

신과 악마 사이,

원자탄과 말린 쇠똥의 연료 사이,

인력거와 고속의 자동차 사이,

백색과 흑색 사이,

깡마른 홀쭉이와 뚱뚱보 사이,

금욕과 쾌락 사이,

7억의 문제와 7억의 문제없음의 사이,

첨단의 지식과 문맹의 사이,

가뭄과 홍수 사이,

강대국과 제3세계 사이,

16개의 공용어와 수백을 헤아리는 방언의 사이,

문명의 공해와 태고의 정적 사이,

천당과 지옥 사이,

양극(兩極)을 그득히 하나로 채운

인도는 위대하다. 광대무변이다.

태초의 혼돈, 가물 현(玄)의 나라이다.

그러면서도 온갖 것이 시공(時空)을 초월하여,

마술적으로 공존해 있는 나라.

박물관 나라. 환상의 나라.

이방인들도 맨발로 걷고 싶은 유혹을 받는 나라.

종말 안에 시작이 있는 나라.

창조와 파괴가 꼬리를 물고 도는

인도는 에너지다. 핑크빛 에너지다.

요니와 링가, 음과 양, 땅과 하늘이

하나로 뒤범벅, 살범벅, 피범벅

의 인도는 에너지다.

살아서 꿈틀대는 현상학적, 우주적 역학(力學)이다.

힌두이즘이다. 활활 타오르며

꺼질 줄 모르는 염열(炎熱)의 에너지다.

대자연교(大自然教)다, 활력에 넘치는.

시작 안에 종말이 있는 나라.

인도는 그러기에 서두르는 법이 없다.

시간은 그녀가 걸치는 옷이기에

언제든지 벗을 수 있는 자유,

그 알몸의 주체성 앞엔 무쇠도 녹는구나.

당장 지구가 두 조각이 난다 해도

그녀는 눈 하나 깜짝 안 하리라.

더럽지도 않고 깨끗하지도 않은

인도의 가난 속엔 무궁무진한 풍요가 들어 있다.

다(多) 즉 일(一)이요, 일(一) 즉 다(多)의 나라.

상하(常夏)의 나라. 물과 불의 나라.

원색의 나라. 명상의 나라.

청천백일하(青天白日下)에 명명백백한 신비의 나라.

인도는 차라리 구원의 미래이다.

1984. 4. 25

오 캘커타

오 캘커타! 인도의 최대 도시.

일천만 인구가 바글바글 끓는 도시.

중생이 자기의 분수를 알려면

이곳에 와야 한다.

천 · 인간 · 아수라 · 축생 · 아귀 · 지옥

육도윤회(六道輪廻)가 한눈에 전개되는.

도심지는 온갖 차량의 박물관,

인력거, 소달구지, 마차, 삼륜차,

전차, 자전거, 자동차에다

이마에 원색의 신상(神像)을 그려 넣은 2층 버스 등

멋대로 매연과 소음을 뿜는다.

보도엔 신발 신은, 또는

맨발의 온갖 남녀노소

모두 제 갈 길을 잘도 찾아간다.

울긋불긋 요란한 간판으로

아무리 가려 봐야

길가의 낡은 빌딩은 걸레 같다.

그 아래 땅바닥엔

매연과 먼지 속에

치부만 가린 일가족 거지들이 원을 이루어

둘러앉아 있다.

까마귀보다 더 까맣게 그슬린 살갗,

그들은 그야말로 정말 거지(居地)다.

마치 해탈한 사람들처럼

태연자약하다.

거지라는 의식도 안 갖는다.

숙업(宿業)의 수레바퀴 그 자체가 되어 버린 까닭일까.

부자들은 아방궁 같은 집에

수십 명의 하인들을 거느리고

락슈미의 보호를 받아 가며,

호의호식을 누리고 있다지만,

금은보석에 싸여서 산다지만,

(과객의 눈엔 뵈지가 않느니) *

인도는 거지 천국!

아무데서나 먹고, 자고, 쉬고, 방뇨한다.

아무데서나 구걸하고, 기도한다.

아무데서나 낳고, 죽는다.

가난이 물론 자랑은 못 되지만

수치도 아니기에,

부자는 소수인데 빈자는 다수기에

인도에선 가난이 범람한다.

기아가 횡행한다. 차에 치어

죽은 개는 까마귀가 쪼아먹고

호텔의 쓰레기는 거지들이 처분한다.

누가 이들의 벗이 되어 줄 것인가.

결국엔 길가에 버려진 채로,

죽어갈밖엔 없는 행려 병자들의.

어느 날 테레사 수녀는 보았다

쥐와 개들에게 반쯤은 뜯어먹힌

여인이 거리에 쓰러져 있는 것을.

그래서 시작한 게 〈영생(永生)의 집〉이란다.

유감스럽게도 거기엔 못 갔지만
역시 그녀의 고아원엔 가 보았다.
〈이곳에선 절대 촬영을 금합니다〉
그렇고 말고요, 좋은 생각이죠.
하늘의 별들이나 들의 꽃들은
얼마든지 찍어도 좋겠지만,
이렇게 올망졸망 귀엽기 짝이 없는,
어린 천사들의 무구한 모습들에
어떻게 감히 비정(非情)의 카메라,
때묻은 기계를 들이댈 수 있겠는가?
다만 그대의 영혼의 카메라,
무심한 두 눈으로 찍는다면 모르지만.
문득 시성(詩聖) 타골의 이런 구절이 떠올랐다.
「모든 아기는 신(神)이 아직 인간에게 절망하고
있지는 않다는 메시지를 가지고 태어난다」

그렇다, 언젠가는
마침내 캘커타도 탈바꿈할 것이다.
야수가 본래의 왕자로 돌아가듯,

수렁 속에서 연꽃이 피어나듯,

가난에 씻기운 영성(靈性)은 일어나서

온 누리에 햇살처럼 퍼져갈

진리의 나팔을 불게 될 것이다.

오 캘커타! 영혼의 도시,

지옥은 소멸하고, 업보는 끝났다고.

1984. 4. 27

신화(神話)

어느 날

우주의 창조자는 나로다 하고,

브라마 신과 비슈누 신이 서로

다투고 있었을 때,

땅이 갈라지며 불길이 일더니

느닷없이 거대한

링가(=男根)가 솟았다.

그 위용에 놀란 두 신은

찬탄 예배했다.

링가에서 시바 신이 나왔다.

1984. 4. 27

카주라호 사원(寺院)에서

상하(常夏)의 나라
붉은 꽃이 여기저기 어우러진
파아란 잔디 위에
드높이 솟은 카주라호 사원들……

하늘을 무찌르는
그 포탄형 시카라(=高塔)의 위용에
잠시 한숨쉬다.
시카라 둘레엔
또 작은, 수많은 시카라들……

사원 안팎의 담황색 석벽엔
온통 신상(神像)과 또는 알몸의
남녀합환상이 새겨져 있어
장관을 이루다.

즈믄 해 두고, 즈믄 해 두고
어떤 여인은 수줍은 듯이 한 손으로 입 가리고,
어떤 여인은 연문(戀文)을 쓰고 있다.

어떤 여인은 거울을 보고 있고,

어떤 여인은 연인의 손을 살며시 쥐고 있다.

즈믄 해 두고, 즈믄 해 두고

어떤 여인은 잠에서 깨어난 듯 기지개를 켜고 있고,

어떤 여인은 연인을 끌어안고 입맞추고 있다.

어떤 여인은 눈썹을 그리고,

어떤 여인은 발바닥의 가시를 뽑고 있다.

즈믄 해 두고, 즈믄 해 두고

어떤 여인은 탈혼(脫魂)의 표정이고,

어떤 여인은 피리를 불고 있다.

어떤 여인은 명상에 잠겨 있고,

어떤 여인은 머리를 빗고 있다.

즈믄 해 두고, 즈믄 해 두고

터질 듯 무르익은 수밀도의 젖무덤들,

가는 허리에 풍만한 팔다리들,

모두 알맞게 교태를 부리며, 큰 눈을 뜬 채,

꿈꾸는 듯, 황홀한 육체미를 과시하고 있다.

즈믄 해 두고, 즈믄 해 두고

남녀합환의 온갖 체위를 그냥 그대로

풀지 않고 있다. 오르가슴의 무한한 지속일까.

이것은 단순한 성희(性戲)가 아니다.

그렇다면 그것은 동물적인 차원으로 떨어지리.

이것은 음양의, 하늘 땅의 만남이다.

생체(生體)리듬이 우주의 리듬과 하나로 통함이다.

신(神)의 자기완성. 창조의 근원인 신 자신이

창조의 에너지인 신 자신의 힘과의 만남이다.

남녀의 가장 아름다운 만남이다.

둘이 하나를 낳게 되는 사랑의 의식(儀式)이다.

시간과 영원, 형이하(形而下)와 형이상(形而上)의 만남이다.

보라, 지금 이글거리는 염열(炎熱)의 태양 아래

칸다리야 마하데바 사원 남벽(南壁)

그 남녀합환상 아래에선

인도인 신혼부부

경건히 무릎 꿇고 돌바닥에 이마를 조아리며,

열심히 열심히 기도를 하고 있다.

1984. 4. 30

성도(聖都) 바라나시

이승이 그대로 저승으로 이어지는
길목이다. 성도(聖都) 바라나시.
그래서 사람들은 임종이 다가오면
한사코 이곳에 모여드는 것이다.

부나방들이 불빛에 이끌리듯
강변 화장터 불 속에 뛰어들어,
한 줌 재로 남았다가, 생명의 근원,
강물에 뿌려져서 영복(永福)을 누리고저.

산 이들도, 평생에 한번쯤은,
강물에 몸 담가야, 삼세의 업장이
일시에 소멸하는 신생(新生)을 얻겠기에,

일년 열두 달, 순례자들이 우글우글 모여드는
갠지스 강변이다. 저승과 이승 사이,
고금(古今)이 하나로 흐르는 영원(永遠)이다.

갠지스 강 위의……

갠지스 강 위의 나룻배에 몸을 싣자
드디어, 별개의 차원(次元)이 열리었다.
왼쪽 기슭엔 사원들이 즐비했고,
해뜨는 오른쪽은 그저 막막한 벌판이었다.

상류는 그대로 천상(天上)에 닿는다는 신비의 강,
화장터에선 시체 타는 연기가 보이는데
기어이 그리로 우리를 안내하는 인도인 뱃사공은
저승의 사자인가, 너무도 태연하다.

보라, 저만치 강 위에 떠있는
소의 시체 위엔 사방에서 날아온 독수리떼,
할퀴고, 쑤시고, 뜯기에 한창이다.

코를 막으며, 화장터 옆을
슬금슬금 지나갔다. 그리하여 인도의 내장 같은
바라나시 뒷골목을 우리는 한동안 더듬어야 했었거니.

녹야원(鹿野苑)에서

녹야원에 당도하자

나는 처음으로 마음이 확 트이는 것이었다.

아득한 그 옛날의 고향에 돌아온 듯.

당시의, 잊었던, 이 고장 말이 입안에 고여

비집고 새어날 듯……

(나는 다섯 비구 중의 한 사람이었겠지)

부처님이 처음 설법하실 때의

그 빛나던 온화한 모습이며,

듣고 난 다음 솟구치던 환희심,

두 볼에 흐르던 눈물도 닦지 않고

경건히 합장했던 일이 생각난다.

하지만 지금은 모든 게 폐허,

다메크 탑의 위용을 제외하곤.

탑의 둘레에 새겨진 문양이

꼭 한국의 떡살 무늬 같데.

여기저기 벽돌의 기초만 남았을 뿐,

파괴된 사원과 승방의 빈터에선

파아란 잔디의 설법이 들려 온다.

「모든 현상은 무상한 것이니라」

아쇼카 왕의 석주(石柱)도 부러지고,

다만 주두(柱頭)의 네 마리 사자만이

아직도 침묵의 사자후를 일삼는다.

1984. 5. 15

그 옛날 왕사성(王舍城)의

그 옛날 왕사성의 비극을 아시겠지?

부왕(父王) 빔비사라를, 아들이 구속 유폐한 끝에

고사(枯死)케 한 칠중(七重)의 감옥을 찾았으나,

빈 터뿐이더라. 부슬비만 내리더라.

인도에서 이월의 비는 희유(稀有)의 일이라며,

우줄우줄 앞장 서는 안내인 따라

영취산엘 오르는데, 빔비사라 왕의

목소리가 들려 왔다. 「그곳은 전에 내가

열심히 다니던 길, 정상에 오르거든

석가모니 부처님께 안부 전하시오」

아난존자의 마중을 받으면서

돌층계를 오르는데, 독수리 머리의

바위가 꾸뻑 고개를 숙이더라.

저만치 환한 미소를 짓고 계신 부처님 앞에

세 번 큰절을 올리고 나니,

몸도 마음도 탈락이 되어선지,

하산(下山)은 어느 결에 했는지 모를 지경.

티베트 산 보리수 염주를 목에 걸고

빗속의 죽림정사(竹林精舍)를 찾아갔다.

역시 그곳도 정사는 간 데 없고,

대숲만 드문드문 우거져 있었다.

비 맞고 신명난 듯 생기가 푸르렀다.

녹야원에도 사슴은 있었거니,

비록 울 안에 갇혀서나마.

지금쯤 생기를 되찾은 눈동자엔

무엇이 비치고 있을지 모르겠다.

잔해만 남은 나란다 불교대학,

그 거창한 규모엔 놀랄밖에.

즈믄 해 전만 해도 만 명의 학승들이

이곳에 살았다니! 비도 안 맞고,

불경을 읽거나, 예배를 드리면서.

나란다 박물관의 수많은 출토품(出土品)들,

그 중에도 불상들은 유난히 어여뻤다.

1984. 5. 16

부다가야 대탑(大塔)

대탑 둘레에 중 소탑은 몇 개인지,

탑면 감실 안에 불상은 몇 개인지,

아무도 헤아릴 재간이 없다.

항하(恒河)의 모래만큼 많다고나 할까.

푸른 나무 그늘에선 젊은 남자가

오체투지(五體投地)의 수없는 되풀이로

예불을 일삼는 모습도 보인다.

대탑 둘레를 맨발로 걷노라면

발바닥엔 온통 금가루 투성이.

이곳엔 천상에서 수시로 안 보이는

꽃비가 내리지만, 땅에 닿으면

꽃비는 금가루로 둔갑하기 때문.

부처님이 위없는 깨달음을 이룩한 곳,

금강보좌에 이르러서야

거기 부처님은 안 계신 걸 알겠구나.

누구든지 자기 안의 비인 마음 자리,

거기 엄연히 부처님은 계시건만,

보리수 아래 금강보좌에나 계신 줄 알다니.

법의 수레바퀴 따라서 가면 된다.

그러면 그대는 가는 곳마다 봄을 만나리라.
가는 곳마다 발바닥엔 찬란한
금가루가 묻으리라. 가는 곳마다
하늘에선 안 보이는 꽃비가 내리리라.

1984. 5. 17

타지마할

지구상에서 가장 아름다운 건물을 묻는다면,
나는 대답하리. 타지마할.

무려 2만 명이 22년 걸려 완성했다던가,
다시는 이런 건물을 못 짓도록
나중엔 아예 손가락이 잘렸다는
전설은 몰라도 상관이 없다.

단 한 사람,
사별한 아내의 안식처를 위해,
그 아내에의 사랑을 못 잊어서,
무갈 황제, 샤자한은 이러한 발상을 하였다니.

왜 사랑은 흰 대리석의 순수를 꿈꾸는가?
왜 사랑은 불붙는 홍옥의 섬광을 탐하는가?
왜 사랑은 완벽한 질서와 조화를 그리는가?
왜 사랑은 영원을 원하는가?

황제에게 물어 보라.

황제비, 뭄타즈 마할에게 물어 보랴?
색돌로 상감된, 갖가지 꽃무늬의
대리석 팔각 투각 병풍을 둘러치고
그들은 나란히 석관 속에 누웠건만,
이미 티끌 되어 흔적도 없을 그들.

하지만 오늘도 세계 도처에서
관광객들이 이곳에 몰려온다.
특히 경건한 힌두교도들이
꽃을 바치며 돌에 입맞춤은
그 석관 속의 티끌로 삭았던
피와 살이 되살아서 몸부림치는,
전율을 은밀히 전해 주는 까닭일까?

오오, 부질없는 말을 용서하라.
타지마할. 순수한 모순이여.
그대의 중심엔 죽음이 들었건만
그 죽음 속엔 사랑이 들었기에,
차거운 아름다움, 흰 대리석의 꽃으로 피었구나.

다시는 시들 수도 질 수도 없을 그대,

사랑의 성전(聖殿)이여.

거기 그대는 기적처럼 존재한다.

늘, 그냥, 그 자리에 있으면서,

시시각각으로 빛깔을 달리함은

해와 달, 별들도 번갈아 그대를

사랑하는 까닭이다.

지구상에서 가장 신비로운 건물을 묻는다면,

나는 대답하리. 타지마할.

1984. 5. 18

샨티니케탄
-타골 국제대학을 위하여

거기엔 도처에 태고의 고요와 평화가 서려 있다.

거기엔 새벽마다 수만 마리의 기러기가 날아간다.

거기엔 신발과 우산이 없다.

거기엔 늘 춤과 노래와 그림과 시가 있다.

거기엔 스승과 제자가 있다.

나무 그늘에 앉아서 가르치고 배우는 것이다.

거기엔 꿈과 명상이 있다.

동서고금이 하나로 만나는 곳,

거기 궁극의 실재가 있다.

거기선 조석으로 기도가 행해진다.

수요일에는 채색유리로 된 기도장에서.

거기엔 그러나 어떠한 우상도 모셔져 있지 않다.

궁극의 실재에는 모습이 없으므로.

꽃과 기도와 찬미의 노래가 바쳐질 따름이다.

거기엔 민족간의 차별이 없다.

세계 각국에서 뜻 있는 젊은이가 그리로 모여든다.

거기엔 국제성과 전인도성(全印度性)의 결합이 있다.

거기엔 무엇보다 명상이 존중되는 기풍이 있어 좋다.

나무도 명상하고, 소도 명상하고, 지는 꽃도 명상한다.

거기엔 늘 마르지 않는 진리의 샘이 있다.

거기엔 머지않아 하나를 지향하는

전인류의 소망이 꽃피리라.

1984. 5. 19

우담발라화 꽃

인도에 비하면 스리랑카는 낙원이라 했더니
안내인은 다시 한 번 악수를 청한다.

더러 007영화 장면도 찍는다는, 캔디 시의
왕립식물원은 너무도 훌륭하다.

대나무들은 매일 무럭무럭 한 뼘도 더 자라고,
주렁주렁 호박만한 열매가 달려 있는 나무도 있다.

어떤 과일 씨는 흑진주 같고,
어떤 나무 열매 씨는 홍보석 같다.

최초의 우주인, 가가린의 기념식수를 찾다가
일행은 한 수염이 더부룩한 귀인(貴人)을 만나다.

달래지도 않았는데, 그가 내준 것이
놀라웁게도 우담발라화 꽃!

3000년만에 겨우 한 번 핀다는 꽃,

두 겹의 두툼한 연분홍 꽃잎을 굳이 열어 보다.

그 속엔 작은, 금색의 탑이 들어 있지 않은가
일행은 모두 그 희한한 불연(佛緣)을 기뻐하다.

비는 안 왔지만, 우산처럼 생겼기에
〈암불레라 츠리〉 속에 들어가서 한참을 쉬어 가다.

1984. 5. 18

6 한 방울의 만남

김 형

가깝고도 먼 나라,

일본에 닿기 전에 본 것이라곤

구름밭 위에 머리만 드러낸 부사산(富士山) 절정.

동경의 하룻밤은

호사의 극치, 김형과 나와의

이십년만의 상봉은 마치 우주인끼리

대기권 밖에서의 데이트인 양

감개무량했다.

나폴레옹 코냑 냄새도 섞인

한국어의 쉴 새 없는, 끈질긴 파동으로

그 날 밤 잠을 설친 일본인들의

노오란 얼굴들을 뒤로, 뒤로, —

보니 어느덧 태평양 위의

구만리장천(九萬里長天)을 나는 대붕(大鵬),

팬 아메리칸 점보 안에서의

나는 위축된 외로운 이방인.

1975. 9. 30

상항(桑港)

상항은 꿈의 도시,

바다에 걸린 강철의 무지개로

공중을 날다가, 목장의

검은 젖소 뱃속에서 그림을 그리는

샤갈 할아버지 수염도 만져 보고,

제비꽃 내음 나는 바다 밑 지하철로

어느새 다다른 아시아 미술관

의 엄청난 엄청난 인파를 헤치면서,

문화혁명 후의 중국 출토품을

눈여겨보는 재미, 네 굽을

놓으며 거품을 뿜는 준마!

행복한 시대의 우아한 여인답게

미소를 흘리는 당미인(唐美人)에

간장이 녹는구나. 아슬아슬 S자(字)로

한없이 비비꼬인 내리막길을

몰아도 보고, 빌딩 숲 사이를

종횡으로 연사흘 누볐건만,

구두엔 티끌 하나 묻지 않는구나.

차라리 티끌이,

티끌로 빚은 인간이 그리워서

버클리 대학 앞의 노상을 더듬는다.

쇠잔해 가는 석양빛 반나체들,

히피족 틈에 끼어, 수왈랑거려 본다.

상항은 꿈의 도시, 너무도

너무도 아름답다는 생각을 하며.

1975. 9. 30

자동판매기

바야흐로 기계만능시대,

그러나 기계를 움직이는 것은

US 코인이죠.

기계의 입에

코인을 넣고 단추만 누르면

기계의 항문에서

나온다 빵,

나온다 우표,

나온다 코카콜라,

나온다 시거렛,

나온다 초콜릿,

나온다 신문,

나온다 커피,

그것도 더운 김이

모락모락 나는 커피……

어디 그뿐인가요?

나온다 목소리,

나온다 사랑,

나온다 시간,

나온다 꿈,

나온다 돈,

··················

아무리 눌러도 안 나오는 것이라곤

단지 하나,

그러나 만약 그것이 나온다면

세상은 종말을 고하게 될 겁니다.

1975. 10. 14

인터내셔널 라이팅 프로그램

엷은 흑갈색의 인도네시아 씨
아무리 치즈나 버터를 잡수신들
당신의 눈이 파래질 리 있겠소?

불가리아에선 첫 참가자라는 키다리 작가,
뒷짐 지고 혼자서 이리저리 배회하지 않더라도
나는 알겠소 당신의 불안……

차라리 저 아르헨티나의 교수처럼
미친 체하고 흥겨운 탱고나 불렀으면 좋으련만,
(그는 영어라곤 Yes, No밖에 모르는 사람)

그런가 하면 권력자인 양 손짓을 섞어 가며
된 소리 안된 소리 마구 지껄여대는
젊은 저돌형의 유고슬라비아……

「나의 죄가 있다면 시 쓰는 거랍니다」
하고 겨우 중얼거린 미스 폴란드엔
다시금 갈채를 보내고 싶소.

*

영어 서투른 거야 죄 될 게 무엇이람.
기운을 냅시다, 기운을 냅시다,
하지만 그게 어디 뜻대로 되어야죠.

나의 룸 메이트 희랍의 털보는
시계를 안 가졌소, 바람처럼 나들지만
앉았던 자리엔 털이 한 움큼.

그는 손꼽기를, 도스토예프스키,
포크너, 딜런 토마스, 랭보, 카프카,
예이츠 육인이 최고라오.

「혼자 이국에서 자취를 한다는 것,
그것은 우리를 슬프게 하는군요」
하자 제일 공명한 건 독일의 극작가,

안경 너머 파아란 눈동자를
꿈벅꿈벅거리면서 내 말을 되뇌는데,
미스터 인도가 점잖게 웃기누나. *

「그렇죠, 차라리 〈인터내셔널

쿠킹 프로그램〉이라면 어때요?」

자기네 말처럼 영어를 지껄이는 인도 양반.

초록색 눈동자도 있다는 것을 알게 해 준

미남의 헝가리 시인을 두고

일본의 여류는 호모섹슈얼인 줄 알았다나,

여성에게 그렇게 냉랭할 수가 없다고 말하면서.

미스 일본의 고독을 어찌 난들 모르리요?

우린 지금 모두 조금은 미쳐 있고,

또 조금은 취해 있는 상태라오.

USA라는 거대한 대륙, 그 한복판의

〈아이오와〉라는 자력에 끌려와서.

1975. 10. 8

아이오와 숲

처음 아이오와에서 지낸 일주일은
너무도 막막하고
너무도 어설퍼서 유폐된 기분,
도시 그놈의 영어를 알아
들어야 말이지, 동서남북을
가릴 줄도 모르겠고……
벙어리 냉가슴 앓기가 일쑤였지.
창이 있어도 커튼을 드리운 채
내다볼 줄도 몰랐으니 말야.
나는 까맣게 메말라 갔지,
물을 여읜 물고기처럼.
한국어를 여읜 한국 시인이니
메마를밖에…… 잠도 못 자고,
아이오와에서 이러다 죽으려나?
아아, 안 되지, 이래선 안 되지.

겨우 커튼을 밀어젖히고서
창 밖을 내다봤네, 빈사의 시선으로.
확 트인 공간, 오라고 오라고

손짓하는 울창한 숲과 파아란 잔디……

한 쪽으론 유유히 흐르는 강물……

열흘이 지난 어느 날 아침,

나는 드디어 걷기 시작했지

어슬렁 숲 속으로, 무한히 열려 오는

푸르름에로, 시나브로 떨어지는

금싸라기의 축복을 받으면서,

마음 풀리는 고요와 부드러움,

평화를 누리면서. 나무와 풀과

흐르는 물과 바람은 속삭이데,

가장 엄숙하고 순수한 한국어로

「도통한 기분으로 견디어 내라!」

1975. 10. 9

미시시피 강

아이오와, 아이오와,

도처에 초록빛 꿈을 엮어 가며

지금도 무한히 자라는 땅,

그 힘의 원류(源流)가 미시시피 강인 줄을

오늘은 알겠다.

맥그래골 절벽 위에 서서

영원(永遠)을 굽어보듯

그 흐름 속의 머묾을 보았을 때,

또한 알겠다

왜 미(美)란 두려운 것인가를,

왜 역사도 때로는 그림자로

느끼어지는가를.

1975. 10. 11

눈동자

파아란 눈동자가

내 안에 들어와서 별이 되었다.

갈색의 눈동자는

내 안에 들어와서 살을 서걱이는

바람이 되고,

초록의 눈동자는

내 안에 들어와서 달가닥 달각

뼈를 건드리는 옥돌이 되었다.

나와 같은 빛깔의 검은 눈동자는

지금 소리 없이

내 안에 들어와서 무엇이 되려는가.

아무것도 들리지 않고

아무것도 보이지 않네.

1975. 10. 11

아이오와에서, 꿈에

이곳은 바로 미국이라는데,
한국에는 또 난리가 나서
모두 이곳에 피난 온 모양인데,
꼭 옛 한국의 시골 마을인 양
초가 지붕 위엔
둥근 박이 두어 개 열려 있고
무너져 가는 흙돌담 모서리,
졸졸 도랑물 소리도 들리는데……
백발의 꼬부랑 촌부가 긴
담뱃대를 물고
어슬렁거리다니.
미국에 한국인 마을이 생겼군!
그것도 진짜 막걸리 맛과
된장찌개 냄새도 나는.
일가친척들은 모두 나를 알아보고
반색을 하는데, 편찮으신
어머님만은 겨우 맨 나중에야
나를 알아보시누나.
눈물을 흘리시며 목메인 소리로

「아이구,

정말 희진이가 오는구나!」

아아, 몹시 수척하신 어머님,

아마 저도 그때 눈물을 흘렸다면

온 미국이 눈물의 홍수로

떠내려갔겠지요.

행인지 불행인지

그렇게 되기 전에 잠이 깨어 버렸군요.

작년에 돌아가신 어머님 일주기가 가까워져서일까.

요즘 자주 어머님을

꿈속에서나마 만나 뵈니 기쁘구나.

글 한 자 모르시고

길눈도 어두우신 우리 어머님이

당신의 아들 미국에 온 걸

어떻게 아시고서

찾아오시는지……어머님 크나큰

사랑을 생각하면,

이 아들도 사후의 영생을

믿고 싶어지고 바라게 되죠.

간절히 애타게 바라게 되죠.

1975. 11. 22

시카고 인상

시꺼먼 시카고.

우중충하고 그슬린 듯한 더러운 도시.

현재 세계에서 제일 높다는

시꺼먼 〈시어즈 타워〉에 올라가서

사방을 둘러보니,

보이는 끝끝까지 대평원이 전개될 따름인데,

(미시건 호는 바다나 다름없고)

그래서 사람들의 발돋움하고 싶은

욕심은 자라 하늘을 찌를밖에.

호반에 즐비한 마천루들 사이에는

필시 온종일 볕을 못 보는 그늘도 많을라.

밤이면 시꺼먼 흑인들만이 판치는 다운타운.

어제는 온종일 시꺼먼 회오리

바람이 불더니,

오늘은 시꺼먼 비가 내린다.

1975. 11. 30

흰 워싱턴

별들은 오늘 밤
워싱턴 우주회의(宇宙會議)에 참석했나 보다.
공중은 캄캄한데
보니 기체(機體) 아래 난만한 꽃밭……
접근할수록
흰빛을 발하는 건 캐피톨 돔……

대낮에 보니
미상불 희구나야,
모든 것이 이 고장에선.
벽공을 찌른
워싱턴 기념비를 비롯해서
캐피톨은 물론
백악관도 하이얗다.
링컨 기념관 안의
링컨도 하이얗다.
워터 게이트만 좀 침침한 편,
정말 희구나야.
앨링톤 국립묘지 안에

즐비한 무명용사비들……

승화된 영혼의 빛깔이랄까,

흰색이 이렇게 좋은 줄은 몰랐었지.

한데 케네디 묘석(墓石)에서만은

쉴 새 없이 불길이 타오른다.

비록 검은 연기는 안 뿜지만

아아, 아직도 미진한 영혼의 흐느낌인 양.

백악관에 붙어 있는

케네디 전신상이 문득 떠오르데,

한 손으론 턱을 괸 채 눈을 내리깔고

홀로 서서, 잿빛 고뇌에 잠겨 있는…….

마치 요정(妖精)인 양 몽롱한 채색 속에

요염을 자랑하는 재클린 케네디

의 초상과는 대조적이었지.

그들은 각기 너무도 달라 보였어.

결국 그렇게 될 수밖에 없었던 거라!

하지만 이렇게 생각하는 나는

도대체 누구이냐?

멀리 바다 건너

극동의 반도(半島)나라, 그 중에서도

South Korea의 가난한 시인.

지난 삼십 년을

허리 잘린 아픔에서

울며, 피 흘리며, 몸서리치면서도

잘 살아 보겠다는 사람들 아우성이

충천하는 나라,

(그 장한 조국이

지금의 나의 감긴 눈엔 손바닥만해 뵈고

동포들은 그 안에서 바글바글 들끓고만

있는 것 같다면

망언일 것인가?)

모르겠다, 모르겠다.

다만 다시 한 번 눈뜨고 보자꾸나.

내일이면 다시 못 볼

나그네 신세이니.

최초의 대통령이

최고의 대통령,

(그런 의미에서도 미국은 복 받았다)
그러기에 이곳 워싱턴의 모든 건물들은
워싱턴 기념비의 그 높이,
그 희고 수려한 덕망(德望)의 높이보다
더 높이 발돋움할 순 없다.

1976. 2. 23

자유의 여신상

자유의 섬엔 자유의 여신상이
멀리 바다 건너 맨해튼의 번영을 지켜본다.
(하늘을 찌르는 마천루는 자유이다.
그러나 그로 해서 생기는 그늘에
묻혀서 우는 인생은 없는지?)
여신의 표정을 알고자 하는
남녀노소들은 오늘도 줄줄이
이곳에 모여든다 배 타고 바다 건너.
수왈랑 수왈랑…… 제각기 다른
발음의 〈자유〉건만, 머리칼, 피부,
눈빛도 제각기 다르긴 해도,
자유를 찾는 온 세계인의 〈마음〉은 하나이고
그 빛깔은 여신의 살결처럼
흰색이란 데에 그들은 일치한다.
여신의 내부는 일년 열두 달
사람들 열기로 들끓고 있다.
별 모양의 머리관으로 이어진 나선형의
층계를 줄줄이, 오르락내리락,
붐비는 사람들의 뜨거운 손바닥엔

자유의 비밀을 더듬어 알아낸

사람들만이 갖는 긍지가 배어 있다.

1976. 2. 24

맨해튼 맨해튼

찬

바람 몰아치는

십이월의 동부 맨해튼,

볕이 안 드는 월 가(街)에 들어서다.

정말 위를 보고 걷기는 어려운 곳,

찍어누를 듯 마천루들이

즐비해 있기 때문.

어쩐지 음산하다

으리으리하긴 해도.

쌍 빌어먹을, 사람이 주인이냐,

건물이 주인이냐?

굴렁쇠라도 있으면 좋겠구나

기리코의 소녀처럼

미친 척하고 굴려 보게.

하오 네시쯤엔 이미 휘황하게

불켜지는 타임스 스퀘어,

이방인이여, 내 품에 안기게나,

도시의 우수 따윈

내 깡그리 무산시켜 줌세.

쫙 벙으러진 핑크빛
의 사타구니 사이,
끈적끈적한 음모도 몇 개 붙은
영화관 안으로
우리 K교수와 나는
미끄러지듯 빨려 들어가다.
숨도 못 쉬겠네,
스크린 가득히
클로즈업 된 살덩어리들이
아름답게, 아름답게,
아니 메슥메슥한 구렁이의 리듬으로
얼크러지며, 소리도 안 내고,
저주받은 의식(儀式)을 수행하듯
물고 빨고 쓰다듬고 핥으면서
골즙(骨汁)을 내는 순간,
그 누가 알았으리,
뉴욕 라가디아 공항에선
꽝, 꽝, 우르르 돌발적
폭발 사고로 말미암아

십여 명이나 인명이 날아간 걸!

그런데 웬일일까?

관내의 구경꾼은

열 명도 못되니.

이 짓거리 보는 데도

이젠 싫증이 났는가 몰라.

우선 따끈한 커피 한 잔으로

니글니글한 위장을 씻어 내고,

맨해튼 한 모서리

간판도 당당한

〈인천집〉으로 직행.

눈물도 나게 하고

콧물도 나게 하는

해장국 맛이 참 좋더라.

뉴욕에도 한국사람 꽤 많군요.

옆에서 운전하는

K교수의 단아한 프로필,

십 년을 한결같이 늙지 않은

그의 젊음의 비결이 무엇일까?

워싱턴 스퀘어를 한 바퀴 돌고 나서
그리니치 빌리지 쪽으로 가잔다.
노련한 운전 솜씨에도 불구하고
그는 여러 번 미로에 빠졌다.
믿어지지 않게
파산한 뉴욕 시가지에는
여기저기 휴지쪽이 행인에게 짓밟힌다.
울긋울긋 너덜너덜
차이나타운이 보인다 하였더니
어느덧 들어선 또 하나 다른 미로,
우중충하고 스산한 밤거리,
와락 불한당이 달려들 것만 같은,
또는 어디선가 이쪽을 겨누고
있을지도 모를 검은 마수의
총구를 상상하며,
서로 아무 말도 하지는 않았지만,
무사히 빠져 나왔을 때의
안도감이라니!
겨우 찾아낸 그리니치 빌리지의

인간미 넘치는 아늑한 따사로움.

저기 보이는 게 오 헨리 식당이죠.

하지만 우리는

화이트 호스 태번으로 가십시다.

한때의 봅 딜런, 아니

딜런 토마스의 단골 술집이던.

소설을 쓴다는 미국인 바텐더가

신이 나 지껄이는 딜런의 일화들을

안주 삼아 독일 맥주를

여러 잔 들이키다. 그 친구 언제나

저쪽 자리에서 술 취한 채

도사리고 있었다오. 심야의 맨해튼을

우리는 어떻게 빠져나왔는지 몰라.

눈뜬 소경이었을 우리,

속눈썹에서까지 뚝뚝 떨어지던

검은 보릿내에 젖을 대로 젖어갖고.

1976. 2. 26

보스턴 산문조(散文調)

보스턴에선

P교수 댁에서 사흘을 묵었다.

첫날 저녁엔

그가 손수 요리해 준

닭고기를 뜯으면서

나는 매우 맛있다고 생각했다.

낮에 보았던

하버드 대학 구내 광경도 잊고,

자못 흡족한 미소를 띠었다.

독신인 그가 민망하긴커녕

이런 땐 마냥 편리해서일까.

다음날 가 본

보스턴 미술관과 보스턴 심포니,

그게 좋았던 거야 말해 무엇하랴.

P교수는 온종일 강의와

세미나로 분주했다.

마지막 사흘째엔

아아, 그러나 너무도 호강했다.

그의 지상을 달리는 백조,

〈폴크스바겐〉으로

겨울 수목 사이 맑은 공기 속의

보스턴 교외를

여덟 시간이나 종횡으로 누볐으니!

그 날 저녁의 닭고기 맛은

최고로 좋았으나

나는 미소를 떠올리는 대신

넌지시 물었지.

당신은 왜 장가 안 가?

한국에는 언제 올 셈이고?

아무것도 걸릴 게 없는

이곳에 산다는 것, 그만큼 학문에

열중할 수 있다는 건 수긍이 되나,

나뭇잎도 떨어지면

뿌리로 돌아가게 마련이라지 않아?

우리의 철학박사이자

소르본 문학박사이기도 한 P교수의 담담한 답변,

글쎄 한 십 년 뒤엔 가게 될지도 몰라.

그의 두발이 아직도 검고 숱하긴 하다.

1976. 2. 28

나이아가라 폭포

일찍이 우주 공간을 비상하던
거대한 천마(天馬)
의 깊숙이 패인 왼쪽 발굽 자국,
거기에 생긴 것이
나이아가라 폭포,
따라서 치어다 보게는 안 되고
내려다보게 되는
희한한 장관이여.
온 사막의 갈증을 채우고도
오히려 남을
무지무지한 수량(水量)의 폭발.
낮이나 밤이나 잠시도 쉬지 않고
우 · 우 · 와아 · 와아……
쏜살처럼 달려와선
하얗게 찢어지며
이미 기절한 상태의 물은
곧장 떨어져서 분신쇄골한다.
백설의 물가루,
무심한 물연기,

황홀한 무지개로 동시에 승천(昇天)한다.

나이아가라 폭포,

나이아가라 폭포,

나이아가라 폭포,

나이아가라 폭포,

그 곁에 나는 주문을 외우듯

〈나이아가라 폭포〉를 외우다가

그만 시간을 잊고 말았다네.

「이젠 그만 가실까요?」

소리가 나를 깨울 때까지.

폭포는 내 이 · 목 · 구 · 비로

들어와서, 들어와서, 아무것도

생각할 수가 없게 된 나는

그냥 인간 물기둥으로 서서 있었던 것.

1976. 3. 1

뻐꾹새 우는 집

나이아가라 폭포 불바드 95번지,

그 집을 나는 영 잊을 수 없다.

블루진을 입은 젊은 학자 부부

슬하의 아장아장 두살난 딸이

이제 차츰 픽업하게 될

언어는 영어일까, 한국어일까?

아직은 한두 개의 단어도 필요 없는

아기는 바야흐로 갓 시작된 동화의 어린 공주.

그 동화를 곁에서 엮어 주는

작자는 부모. 어느 날 나는

〈겨울 나그네〉로 불쑥 등장한다.

아기는 조금도 겁내지 않는구나

어린 공주답게 큰 눈을 뜨고 볼 뿐.

「뻐꾹새 우는 소리가 들리네요?」

「벽시계가 내는 소리입니다」

새장처럼 생긴 벽시계 안엔

과연 한 마리 뻐꾹새가 들어 있다.

밤엔 실컷 음악을 듣고

다음날 오전엔 나이아가라 폭포를 보았으나

클라이맥스는 오히려 그날 저녁,
진짜 상록수 파는 데 가서 사온
방안의 생목이 어느덧 눈을 맞고
은실 금실을 길게 늘이더니,
붉고 푸른 불들이 켜지면서
가장 아름다운 크리스마스 트리로 될 줄이야!
「저는 아직 기독교 신자는 아니지만
지난해부터 만들기 시작했죠……」
하며 딸에게 눈길을 주던 젊은 학자의 말.
나이아가라 폭포 불바드 95번지,
그 집을 생각하면 나는 가슴 훈훈해진다.

1976. 3. 1

겨울의 파리(巴里)

겨울의 巴里,

회색의 巴里,

하지만 찌푸린 하늘의 우울도

짓궂게 내리는 1월의 가랑비도

돌로 지은

건물의 우아함을,

더구나 그 안의 맑고 깊은

우물물처럼

고여 있는 고요를

흐리게 할 순 없다.

꿈꾸듯 흐르는 세느 강엔

회청(灰青)빛 물의 고요,

꽃의 노틀담 꼭대기에는

십자가의 고요,

성자(聖者)에는 성자의 고요,

입을 딱 벌린, 뿔 돋친 괴수(怪獸)에는

괴수의 고요,

장미(薔薇)의 스테인드 글라스에는

마치 보석을 뒤집어놓은 듯한

찬란한 고요,

세느 강변 헌 책가게엔

먼지가 쌓인 고요,

산뜻한 판화(版畵)에는

산뜻한 판화가의 순색의 혼이

깃들여 있는 고요,

내가 묵고 있는 스타니스라스 호텔 방엔

꽃무늬 벽지에

꽃무늬 커튼,

꽃그림 액자가 세 개나 걸려 있다.

화려한 것 참 되게 좋아하지?

싸구려 호텔답게

방이 너무 비좁아 탈이지만

열린 창으로

간간이 들려 오는 교회의 종소리엔

방안의 묵은

고요를 일깨우는 고요가 서려 있다.

몽빠르나스 거리

양 켠에 빽빽이 들어찬 채로

꼼짝도 않는

소형차들의 백색 지붕에는

백색의 고요,

(공항의 손님을 마중 갈 때라든가

주말의 드라이브 이외엔 차라리

방치해 두는 것이

巴里人들의 취미인지도 몰라)

잎 떨군 마로니에

앙상한 가지 사이

잠옷 바람으로 서 있는 거구(巨軀)의

발작을 바라보며,

길가의 카페 유리벽 안에서는

巴里人들이

온 종일 담소를 즐기고 있다

커피 한 잔의

고요를 둘러싸고.

시름시름 내리는

거리의 비도 불어를 소곤대나

알아들을 길이 없는

나 이방인이 오늘은 기운 내서

한 병의 포도주와

긴 불란서 빵을 사 들고 와

처음으로 때워 보는

호텔 방에서의

호젓한 저녁 식사.

잠들기 전엔

몇 장의 그림 엽서라도 적어 볼까.

한국에선 요즘

길바닥에 침 뱉는 사람에게

호된 벌금을 치르게 한다면서?

꽃의 巴里,

보석의 巴里에선

현실의 집들이, 무수한 뒷골목이,

그대로 살아 있는 역사이자

문화의 꽃인 것을,

어디에 침을 뱉을 수 있으리오

차라리 도로 꿀꺽 삼킬망정.

백으로도 천으로도

헤아릴 수가 없다!

도처에 널린 대리석 영웅들의

뽑아 든 칼이며 힘찬 팔다리,

네 굽을 놓으며 거품을 뿜는 말,

깰 줄 모르는 명상에 잠긴

시인 묵객들의 이끼 낀 얼굴이며,

절세가인들의 드러난 젖가슴,

춤추는 반인반수(半人半獸),

횃불을 치켜든 자유의 여신,

천사의 나팔소리,

어디를 가나 그것들을 볼 수 있고

들을 수 있고 만져 볼 수도 있다

그 불멸의 얼어붙은 음악들을,

처음 그대로의 젊음과 꿈과

몸짓을 간직한 채

꼼짝도 않고 있는.

巴里의 아름다움,

巴里의 고요,

룩상부르 공원 벤치 위에

얼싸안은 연인들 망토 깃엔

흰 사랑의 김이 이는 고요,

겨울인데도 시들지 않는

파아란 잔디 위엔

파아란 꿈의 김이 이는 고요,

하늘을 비상하는

새에는 새의 고요,

단장을 짚고 쓸쓸히 지나가는

노인의 베레모엔 검은 빛 고요,

깊은 우수의 주름이 패인

큰 이마를 풍우(風雨)에 드러낸 채

아직도 아직도 끝 모르는

사색의 시인, 보들레르의

투철한 시선에는

죽음도 능히 꿰뚫려 뵈는 고요,

그러나 우리 루브르 박물관의

고대 이집트인 상들을 보노라면,

두 무릎을 단정히 모아

앉아 있는 포즈며, 살아서도

죽어서도 눈감지 않고,

똑바로

뜬

두 눈,

삶과 죽음을 더불어 삼킨 듯한

그 무표정의 표정을 보노라면

이런 소리 없는 속삭임이 들리누나

암, 인생은 수수께끼이고 말고,

그러나 그건 자네가 스스로 풀 수밖에.

그 차갑지도 따스하지도 않은

고요의 고요.

회색의 巴里,

겨울의 巴里,

1976. 3. 16

런던 가는 길

파리 북역(北驛)에서 깔레 항구에 이르기까지
세 시간의 기차가 조금도 지루하지 않았다.

창 밖에 전개되는 나직한 구릉과
그런 대로 아름다운 겨울 잡목숲,

잘 가꾸어진 훤칠한 농토,
얼지 않은 냇물도 맑고 맑고,

드문드문 농가도 보이는 것이
연달아 펼쳐지는 명화 같았기에.

차 안의 사람과는 끝내 말 한 마디
나누어야 할 필요도 없었거니.

큰 배로 두 시간의 도버 해협을
건너갈 때도 나는 말을 잊은 채였다.

바람에 펄럭이는 깃발을 좇아

무리져 나는 갈매기 떼들……

나도 만약 소리를 지른다면
갈매기 소리를 닮을 것 같았다.

포크스톤 항구에서 런던까지의
한 시간은 특별히 인상적이었다.

겨울인데도 시들지 않은
연초록 목초지엔 또 연초록의

목초지가 이어지고 양떼도 드문드문,
젖소도 너덧 마리, 또 더러는

살찐 말도 두어 필 서서
꿈처럼 연한 풀을 뜯고 있다.

때마침 석양빛에 뿌리마저 드러낼 듯,
일제히 발돋움한 그 연초록의

*

정(淨)하디정한 목초지를 보노라니
저절로 지잉, 눈물이 솟데.

빛과 부드러움, 고요와 평화……
그 이상 무엇을 찾는단 말인가.

지금쯤 고국의 메마른 강토는
꽝꽝 얼어붙어 숨도 못 쉬련만,

런던 가는 길에 내가 이렇듯
뜨거운 눈물을 흘릴 줄은 몰랐었다.

1976. 3. 20

웨스트민스터 대사원(大寺院)

하나의 석류 안에 수많은 석류알이 깃들여 있듯
하나의 보석상자 안에 수많은 보석이 깃들여 있듯
웨스트민스터 대사원 안엔
수많은 소사원이 깃들여 있구나.
하나의 삶 속에 무수한 죽음이 깃들여 있듯
하나의 죽음 속에 무수한 삶이 깃들여 있듯
웨스트민스터 대사원 안엔
실로 무수한 삶과 죽음이 엇갈려 숨쉬누나.
그것은 영국의 과거이자 미래이고
영국의 무덤이자 심장일세.
하나의 역사에 무수한 역사가 이어져 가듯
하나의 영광에 무수한 영광이 이어져 가듯
길이 이어질 영국의 혼이
피냄새 나는 시간에의 도전 끝에
금석(金石)에 새겨 놓은 승리의 비명(碑銘)이랑
불멸의 조상(彫像)들 사이를 더듬다가
미로를 빠져 나듯 간신히 나온 내 앞에 대사원은
새삼 너무도 압도해 오는구나.

로마 파노라마

겨울의 바람 부는, 일몰의
성 베드로 광장에서
하얗게 부서지는 분수를 바라보며
나, 동양의 외로운 나그네는
너무도 초라했다.
영원의 도시,
로마 한복판에
느닷없이 굴러 떨어진 격이기에.
내일 다시 자세히 보아야지……
가랑잎 같은 마음을 달래면서
잠을 청해보는
호텔 방에서의 로마 첫날밤이
꿈도 없이 잘도 넘어가데.
진정 이태리는 대리석의 나라인가,
바닥도, 기둥도, 벽면도, 천정도
모조리 대리석인 성 베드로 대성전 안의
그 숭엄한 분위기라니!
무릎 꿇은 교황도, 피 흘리는 성자들도
모조리 대리석인 그 중에서도

가장 순화된, 황홀하고도 슬픈 고요의 정수를 이룩한 건
미켈란젤로의 피에타, 피에타!
엠마누엘 2세의 기마상이 드높이 솟은
〈조국의 제단〉을 저만치 봤을 때엔,
흰 대리석의 엄청난 폭포가
소리도 없이 잘도 하늘에서
떨어진다 하였었지.
아아, 아아, 탄성을
수없이 속으로 뇌까리지 않고서는
관광이 안 되는 곳,
로마에는 분수도 많구나야.
잠깐 모퉁이를 돌아서기만 해도
천 년을 한결같이
물을 뿜는 사자 머리,
사자의 입에 닿았던 옛 병사들의
뜨거웠던 입술이
지금은 어느 꽃가게의 꽃으로 변했을까.
트리레비 천(泉)에
내가 던진 동전의 위력으로

내가 다시 이곳을 찾는 날엔

가는 곳마다 장미를 뿌리리라.

로마에 비하면

파리도 신흥 도시.

고대가 현대 속에

느닷없이 얼굴을 내미는가 하면

현대 옆에 중세가 나란히

어깨동무하며

백일몽을 꾸고 있다.

코끼리 등에 솟은 오벨리스크,

또 그 위엔 검은 십자가.

로마 시대의 냄새가 물씬 나는

빵떼옹의 창이라곤 없는 건물,

그 둥근 천정에는 슬기롭게도

해처럼 빵 뚫린 구멍이 있고,

그 구멍에선 쉴 새 없이

빛살이 쏟아진다. 영원(永遠)이 쏟아진다.

대원형경기장 안에서의

나는 수없이 서투른 카메라

셔터를 눌렀지만,

내가 사로잡은 건

겨우 두 마리의 검은 고양이,

옛날의 무서웠던 사자와 호랑이의

현대적 변신일까.

아아, 아아, 탄성을

수없이 속으로 뇌까리지 않고서는

관광이 안 되는 곳,

로마의 압권은

뭐니 뭐니 해도

시스티나 성당의 벽화와 천정화!

인간의 창조에서

최후의 심판에 이르기까지

시공을 초월한

갖가지 드라마의 기적적 공존!

영혼을 지닌 육체의 오뇌와

전율을 이렇듯

적나라하게 파헤쳐 보인 사람이 있었을까.

그 어떠한 천재이었기에,

그 어떠한 정한(情恨)을 지녔기에,

미켈란젤로는

온 이태리뿐만이 아니라

우주를 덮었는가.

로마 체류 사흘째이자

마지막 날은 주일(主日),

성 베드로 광장에서

정오의 교황 축언을 기다리는

수많은 군중 속에

나도 묵묵히 그 순간을 기다렸다.

드디어 그 드높은 곳의

창문이 열리더니

흰 옷차림의 교황이 나타났고

나는 찰칵, 셔터를 눌렀었지.

1976. 5. 2

용안사(龍安寺) 석정(石庭)

가난할 대로 가난해진 마음의
모래는 희고 메말라 보이지만

모래는 모래끼리
모여서 바다를 이루고 있음이여

그 바다 위에 떠 있는 열다섯 개
작고 큰 돌은 섬이 되고

섬 둘레엔 조금씩 푸른 이끼
되살아나는 마음의 빛깔이여

◇

돌이나 모래나
이끼나 돌이나
다를 게 무엇이랴
산 넘어 바다 건너
극동의 일본 경도까지 와서

이 용안사 마루에 앉아
석정을 굽어보는
파아란 눈동자나 갈색의 눈동자나
금발이나 흑발이 서로
다를 게 무엇이랴
석정을 만든 고인의 마음이나
이제 이곳 사람들의
마음은 하나

◇

마음의 눈이
더없이 가라앉아
더없이 맑게 열려질 때라야만
비로소 보이고
비로소 들리는

고요
돌
이끼
하이얀 모래

1976. 5. 5

미륵보살반가사유상(彌勒菩薩半跏思惟像)

이미 오랫동안 열망해 왔던
이 고요를 만나기 위해,
이 부드러움,
궁극의 미소를 똑똑히 보기 위해,
여기 섰노라,
미륵보살반가사유상 앞에.

여기가 일본 땅이라든가,
이것은 일본 국보 제1호지만
실은 옛 한국에서
건너온 것이라는 따위의 생각은
어느덧 잊게 마련.

헤아릴 수 없는 세월이 흘러
이 나무 보살이 티끌로 돌아간들
그냥 그 자리에 미소는 남아
보이지 않게 감돌고 있으리라.

1976. 5. 5

한 방울의 만남

늘 제자리를 맴돌밖엔 없던
하나의 새까만 점이었다가,
불꽃 튕기는 원을 그리면서
지구를 돌아
나는 다시 점으로, 제자리에 돌아왔다.

달라진 것이라곤
글쎄, 내 뇌세포를 살펴봐야 되겠지만
어쩐지 한 꺼풀 벗은 것 같은 느낌.
사물을 대하는 눈의 투시도(透視度)가
좀더 깊어졌으면 좋으련만.

몽빠르나스에서 한국 화가,
김창렬(金昌烈)의 물방울을 보아서일까,
온 우주가 때로는 한 방울
영롱한 이슬 속에
흔적도 없이 용해되고 마는 것은.

노틀담도 웨스트민스터도

성 베드로 대성전도 녹는구나 한 방울 이슬 속에
동양의 사원들도 미륵보살반가상도
나무도 바위도 사자도 원자탄도
별 · 구름 · 똥 · 흑 · 백 · 황인종도.

나의 정신이 그것을 통해야 집중이 되는
언어가 나의 조국, 이 몸이 세계의
중심이 될 수 있는 그곳이 나의 자리,
동서고금이, 이리하여, 내 안에서
만나서 한 방울 이슬로 승화된다.

1976. 5. 5

추억일편(追憶一片)

숲 속의 피크닉—캔맥주 하나와
치즈 두 개에 바나나 하나,
그만하면 충분히 요기가 되는 것을.
모두 뿔뿔이 어디론가 흩어졌다.

나는 같은 눈빛의 이꾸꼬하고
숲길을 걸었다. 손도 안 붙잡고……
이 길로 가면 호수가 있다지요?
그러나 마주친 유고슬라비아 시인은 부인했다.

—아주 이상스런 짐승을 보았어요,
그래서 지금 돌아가는 길이지요. 보니, 그의
벗어든 모자 안엔 도토리가 가득.
우리는 계속 앞으로 걸어갔다.

마침내 느닷없이 찾아온 구원처럼
숲길이 끝나자—희한한 일이었다!
일망무제의 파아란 초원 위엔
그저 두어 점 구름이 떠 있을 뿐. *

—일본엔 절대로 이런 경치 없습니다.

미국은 참 넓은 나라예요!

나는 한국에도 없습니다 하려다가

그만 싱거워져 군침을 삼키었다.

1976. 5. 28

남아프리카 친구

—피터 클라크에게

그는 노래를 부르진 않는다.
대신 시를 쓴다 안에서 굽이치는
혈액의 리듬 따라. 잠결에도
내쉬는 숨결 따라 시를 토한다.

더없이 부드럽고 더없이 따스한
그의 검은 피부색처럼
그의 영혼은 검은 색일 것이다
수없이 삼킨 태양의 덕택으로.

때로 그는 또한 신들린 듯이
화필을 휘두른다. 보라, 그의
손길이 뿜어내는 칠색 무지개를.

그는 누구에게나 한아름 태양과
포도주를 안겨준다. 또 웃을 때엔
하이얀 이빨과 오랑캐꽃 내음도.

1976. 5. 28

북가주연안(北加州沿岸)에서 1975년

불과 3, 4일

전만 해도 나는 한국 서울에 있었는데,

북가주 연안에서

태평양 푸른 물결을 바라보니,

갈매기처럼 갈매기처럼

그 물결에 입 대어 본다든가,

깊숙이 물 속 해초를 헤치면서

자맥질하는 두 마리 물개처럼

온몸을 적셔 보기는커녕

손가락 하나 담가 보진 않았지만,

알겠다, 그 순간에, 그 물결 속엔

예까지 흘러온 백두산 천지물도

분명히 섞여 있으리라는 것을.

관광객들에게 먹이를 바라

한길에까지 나와서 쫑긋대는

이곳의 다람쥐는 크기도 하다.

「미국 좋은 줄 모르겠어요」

그저 아들 따라 이민 왔을 뿐이라는

어느 안경 낀 할머니 음성에선

문득 모시적삼 냄새가 나더라.

나는 묵묵히 웃고 말았지만

미국이란 나라, 무지무지하게

넓고, 후련하고, 젊은 나라 같다.

티끌 하나 없는 상항(桑港)의 시가지,

하늘을 찌르는 근교의 삼나무들,

달려도 달려도 끝없는 고속도로,

그리고 파아란 하늘과 바다,

하늘의 푸르름이 한국의 독점물

은 아니란 것을 알 수 있다.

그러나 이 나라에 한국의 산수(山水)처럼

구비구비 아슬아슬 오밀조밀한

맛이야 있을라구. 금강의 정기를

뿜었던 추사(秋史), 귀신도 곡했을

지성의 순신(舜臣), 삼계(三界)를 자유롭게

넘나들던 무애의 원효(元曉)……

그런 기적적 인물들이

나와서 마땅했던 오묘한 산수(山水),

그 조용한 아침의 나라가

지금 여기서 헤아려 보니,

동쪽이 아니라 서쪽에 있구나야.

하긴 그러니까 한국은 서방정토.

보라, 저 홍련(紅蓮)과 같은

낙일(落日)이 시나브로

기우는 곳을.

1976. 8. 12

김창렬(金昌烈)

몽빠르나스
그의 아뜰리에 잠긴 문을 열어 주는
열쇠는 물방울.
물방울 안에 김창렬이 들어 있다.
옛날 겸재(謙齋)는 오로지 산수화에
신명을 보였지만,
오늘의 창렬은
미친 듯 목숨 걸고 물방울만을
그리고 있나니.
그의 작열하는
온몸의 작업에서
세계 안의 한국을 본다.
손을 갖다 대면
당장에 받아 낼 듯
하나 물방울은 떨어지지 않는다.
언제까지나 꺼지지도 않는다.
가장 정화된 생명의 결정(結晶),
무심(無心)의 극치기에
있음의 숨은 뜻을 환히 드러내는

고전(古典)이 된 것이다.

물방울마다 빛이 어려 있고

그늘이 있다.

어떤 물방울은

봄비를 맞은 추사(秋史)

의 향기로운 난초 끝에나

맺혀 있음직한

이슬을 떼어다 놓은 것 같고.

어떤 물방울은

천공(天空)에서

홀연히 흘러내린 자국도 역연한 채.

어떤 물방울은

흙내를 풍기고.

어떤 물방울들은

세상의 모든 연잎 위의

이슬이란 이슬은 모조리 쓸어 모아

놓은 것 같다.

여덟 섬 너 말이나 쏟아져 나왔다는

부처님 사리(舍利)도 김창렬이 그린

물방울만큼 많지는 않을라.
1976년에는 온 세계에 물방울을 뿌리며 다녔거니,
금강석보다도 눈부신 물방울을.
메마른 가슴들에 사랑을 심었거니,
잊히지 않는 별을 심었거니.
오오 하나의 물방울 안에
동서고금이 만나서 녹아
원융무애의 법성(法性)을 이룸이여.
물방울 물방울
꺼지지 않는 물방울 방울방울
물방울 방울 속
의 우주의 지구의 프랑스의 파
리의 한 모퉁이 몽빠르나스
의 화가 김창렬의
잠긴 아뜰리에 문을 열어 주는
열쇠는 물방울.
그의 아름다운 벽안(碧眼)의 프랑스
부인도 물방울. 부인이 낳은
두 귀여운 아들도 물방울.

부인이 손수 만든

김치도 불고기도 모두 물방울.

그들이 지껄이는 불어도 물방울.

물방울 안에 김창렬이 들어 있다.

1978. 1. 8

로마의 포르노 극장

로마의 포르노 극장에 가 봤더니,

상상력도 양기도 고갈한

인생 황혼길의 대머리 노인들만

드문드문 앉아 있다. 숨도 크게 쉬지 못하면서.

가고는 오지 않는 청춘을 그리면서.

피스톤처럼

활력에 넘친, 영사막의

거대한 남근을

자기의 것인 양 착각하는

재미를 못 잊어서.

1984. 10. 29

사해(死海)

요르단 강에 담갔던 손을

이번엔 마침내

사해(死海)에 담가 보다.

그 죽은, 짜디짠 물은

믿기지 않을 만큼 미끈미끈하다.

어느덧 홀랑 남루를 벗고

K 시인은 그 속에 뛰어들다.

머리와 사지를 물 밖에 내놓다.

아니 저절로 온몸이 뜬다고

야단법석이다. 어서 카메라

셔터를 누르라고. 미상불 이것은

평생에 다시 없을 순간이긴 하다.

지구상에선 가장 낮은 수면(水面),

해면하(海面下) 삼백 구십사 미터인 곳,

생물이라곤 없는 이 함수호에

살아서 펄펄 뛰는 온몸을 담갔으니.

암 떠야지. 산 목숨이야

어쩔 수 없이 태양을 향해

부상(浮上)하는 일밖에 더 있겠나. 1984. 10. 30

간디 인도수상(印度首相) 피격 절명(絶命)

간디印度首相피격絶命

조간의 주먹만한 활자였다.

부도덕의 냄새가 물씬 풍겼다.

〈우리는 복수했다. 시크교 만세〉라니?

온 인도 땅을 덮었던 그녀의

오렌지빛 사리가

순간 시뻘건 핏걸레로 화하였다.

그녀의 아침 출근을 가로막은

기관단총의 느닷없는 난사 함께.

온 인도가 부끄러워 떨 일이다.

광신과 편집이

또 끔찍한 유혈의 비극을 자아냈으니.

오 들어가라, 폭력의 무리들아,

인도의 온갖 비리와 갈등과 분쟁의 씨앗들은

모조리 들어가라. 벌집처럼

구멍이 뚫린 그녀의 시체 속에.

들어가서 활활 일시에 타올라라.

하여 남은 재가 인도의 방방

곡곡에 뿌려지면,

그녀는 죽어서도 인도를 수호하리.

다시 조국의 무한한 성장과

번영을 약속하는 여신이 되리.

1984. 11. 1

여수(旅愁)

—희랍은 어때요?

—아크로폴리스가 역시 압권이죠.

—아테네엔 지금도

잘생긴 희랍 사람들이 많던가요?

—예, 마치 옛날의 조각 작품들이

시중을 활보하고 있는 느낌이죠.

그들은 여전히 고대풍(古代風)으로 웃고 지껄이며

신나게 마시고 있었습니다.

에게 해(海)에서 배를 탔는데요,

작은 섬들이 꿈처럼 떠 있었고

물이 어찌 맑은지

바닷속의 물고기 노니는 모양까지

환히 들여다보이더군요.

파아란 하늘과 파아란 바다 사이

하얀 집에는

푸른 기운이 어리어 있었어요.

—그렇게 말하는 당신의 눈에서는

에게 해(海)의 해초 냄새가

풍기는 것 같습니다.

〈태양과 포도주…〉

문득 그런 말이 생각나요.

1984. 11. 5

박희진 세계기행시집

초판발행 / 2001년 12월 10일

저자 / 박희진

표지 디자인 / 최만수

내지디자인 / 조소현

발행인 / 최두환

발행처 / 시와 진실

등록일 / 1997. 6. 11 제2-2389호

주소 / 서울 동작구 상도1동 557

전화 / (02)813-8371

FAX / (02)813-8377

E-mail / ambros@hananet.net

값 12,000원